이 시를 아시는 분

이 시를 아시는 분

이민우 에세이집

렛츠북

에세이집을 펴내면서

아득한 옛적에 서울대 국문과를 졸업한 젊은이들이 이제 하얀 늙은이가 되어 안부를 주고받을 동기생 단톡방을 만들었다. 멤버는 십여 명. 에세이집《이 시를 아시는 분》은 저자가 이 단톡방에 2022년 초에서 2025년 말까지 묵촌(墨村)이라는 필명으로 때때로 올린 글 45꼭지를 한데 묶은 것이다. 글의 주제와 내용이 다양해서 읽는 재미를 많은 분들께 드릴 수 있을 줄 믿는다.

저자 이민우

목차

약천 남구만과 "동창이 밝았느냐…" (1)

Daum 지도를 보다가 유명한 망상해변 서쪽 부근 심곡이란 곳에 '약천사'가 있음을 알았다. 절과는 별로 친하지 않지만 집에서 멀지 않은 데라 드라이브 삼아 한번 가보기로 하고 자료를 뒤적였더니, 어렵쇼, 절이 아니라 사당이다.

한글 전용도 좋지만 참 답답하고 때로는 화까지 치밀기도 한다. '망상'부터가 그렇다. '望祥'이라는 아름다운 뜻은 묻혀버리고 '妄想'이란 흉측한 말이 생각나서다. 요즘 젊은 세대(사오십 대 일부 포함) 가운데 지도나 도로표지판에 나온 '망상'을 '望祥'으로 아는 사람이 몇이나 될까? 대다수는 사용 빈도수가 훨씬 높은 '妄想'쯤으로 알지 않을까?

이참에 고백하건대 나는 내가 벌써 2년여째 살고 있는 강원도 동해시 부곡동의 '부곡'이 '釜谷'인지 '富谷'인지 아니면 다른 글자인지 알지 못한다. 시청이나 주민센터에 물어보기도 그렇고 해서 그냥 넘어가고 있다. 물어본들 젊은 공무원들이 알기나 할까? 옛날 천민이나 범죄자의 집단거주지였던 '部曲'만 아니라면 다행이지 싶다.

지난 5월, 옛 직장동료이자 고교후배이며 대학은 동기(정치학과)인 최아무개 씨가 가족과 함께 울릉도에 다녀오는 길에 가족은 서울로 보내고 묵호를 찾았다. 바다는 싫도록 봤을 테니 고원을 보여주려고 정선군 오지를 드라이브하고 나오는 길에 정선-강릉 국도 버들고개에 있는 소공원에 들렀다. 화장실이 보였기 때문이다.

이 소공원의 안내판에는 이 국도가 예부터 중요한 길이었다는 사실을 설명하면서 조선 시대에 '棺路'였다고 쓰여 있었다. 관로(棺路)라니? 혹시 시신을 담은 관을 운송하던 길이었다는 말인가? 아무래도 수상쩍어 집에 돌아온 다음 자료를 찾아봤더니, 천만에, '管路'란다! 관로(管路)는 조정(정부)에서 관리하는 도로이니 지금의 국도가 그것이다. 강릉시청 녹지과에 전화를 걸었더니 얌전한 공무원이 받는데 해당 면사무소 소관이라면서 그쪽으로 알려주겠다고 한다. 가을쯤 다시 가볼 생각이다. 과연 고쳐졌는지.

내친김에 한 가지만 보태기로 하자.
20년 전쯤 충북 진천에 있는 송강사(松江祠)에 갔었는데 안내판

에 함경도가 '咸鏡道'가 아니라 '咸境道'로 되어 있는 등 오자투성이
였다. 이곳만 그런 것이 아니다. 내가 방문한 거의 모든 사적지 안내
판이 그랬다. 이쯤 되면 문화적 대재앙이 아니겠는가. 하지만 누가
신경을 쓰랴. 잘 먹고 잘살면 그만인데.

　약천(藥泉) 선생과 시조를 얘기하려다 샛길로 빠져도 한참 빠졌
다. 늙으면 잔소리가 많아지는 법이라고 이해해 주시기 바란다. 이제
부터 본론으로 들어가기로 하자.

약천 남구만과 "동창이 밝았느냐" (2)

"동차앙앙앙이 밝았느냐아아아….."

어렸을 때 아침에 라디오에서 유장하게 흘러나오던 시조창이다. 솔직하게 말하면 세상에 뭐 저런 지루하고 재미없는 노래(?)가 다 있나 했다. 바로 이 시조가 오늘날 모르는 사람이 없는 '국민 시조'로 자리매김을 했고 덕분에 3백여 년 전 인물인 남구만(南九萬)은 아주 친숙한 이름이 되었다. 이렇게 될 수 있었던 까닭은 무엇일까?

약천 남구만은 조선 인조~숙종 대에 관찰사, 병조판서와 영의정을 지낸 대단한 고관이요 서인의 거두이자 노론의 영수다. 그가 이렇게 출세할 수 있었던 것은 개국공신인 조상의 음덕이 없지 않았을 테지만 그보다는 학문과 인품이 뛰어나고 능력이 출중했기 때문일 것이다.

당쟁의 한가운데 있던 그는 그 때문에 두어 차례 유배생활을 해야 했다. 1689년의 마지막 유배지는 강릉이었다(묵호와 망상은 조선 시대에 강릉부에 속했음). 그를 기리는 약천사(藥泉祠)는 정조 때 세워졌다고 하는데 근년에 보수공사를 해서인지 퇴락한 구석은 없어 보인다.

약천사의 존재를 알면서 나는 한동안 혼란에 빠졌다. 약천이 샘이름이나 지명인 줄 알았었는데(가까운 곳에 약천실버타운, 약천호텔이 있음) 그게 아니라 이곳에 유배된 선비의 호라니….

근래에 알고 본즉, 고려 시대에 어느 병든 선비가 이곳의 샘물을 먹고 나았다고 해서 이 샘이 약천으로 불리게 되었다고 한다. 그러니까 약천 선생이 약천께로 유배된 것은 기막힌 우연이라는 건데 뭔가 석연치 않은 기분이다. 고려 선비 어쩌고 하는 것은 일종의 민중 기원설이 아닐까?

내 짐작으로는 약천 선생이 귀양살이하던 마을(현재의 심곡)에 샘이 있었고 선생이 이 샘물을 즐겨 마셨기 때문에 이 샘이 부지불식간에 약천으로 불리게 되지 않았나 한다(약효가 어느 정도는 있었을 수도). 약천사 앞마당 가장자리에 있는 이 샘은 관정으로 지하에서 뽑아내듯 콸콸 나오고 있어서 혹시 모터를 돌리는 게 아닌가 싶어 나름대로 주변을 살폈지만 기계 소리는 들을 수 없었다.

약천사 앞에는 〈동창이 밝았느냐〉 시조비가 서 있고 대석 뒷면 금속판에는 강릉대 국문과의 모 교수가 쓴 해설이 새겨져 있다. 이에 따르면, "동창이…"는 약천 선생이 이곳에서 유배생활을 할 때 지었으며 "재 너머 사래 긴 밭"은 이 근방 어디(구체적으로 밝혔음)의 언덕과 밭을 가리킨다.

이 해설을 처음 읽었을 때 나는 견강부회가 아닌가 하는 불손한 의문을 품지 않을 수 없었다. 첫째, 이 시조가 이 시기에 창작되었다는 증거가 없고, 둘째 산과 언덕이 많은 우리나라 시골에서 재 너머 사래 긴 밭을 찾으려고 들면 한이 없으리라는 것이었다(경남 남해군과 충남 홍성군도 이 시조의 창작지임을 주장하고 있음 = 후술).

어쨌든 향토문화를 선양하려고 애쓰는 행정당국자와 내 고장을 사랑하는 시민들에게 강릉대 교수의 해설은 결정적인 사업 이유와 명분을 제공했을 것이다. 2023년 7월 2일, 20회째를 맞이한 남구만 시조 전국남녀 시조경창대회가 그것이다.

약천 남구만과 "동창이 밝았느냐" (3)

약천 선생의 〈동창이 밝았느냐〉가 워낙 히트작이어선지 이 시조
는 우리 고장에서 창작되었노라고 주장하는 시-군이 내가 아는 곳만
세 곳이나 된다. 결론적으로 말해 세 곳 중 두 곳의 주장은 틀렸고 어
쩌면 세 곳의 주장 모두 틀렸을 수가 있다.

경우는 좀 다르지만 이은상 시 홍난파 곡인 〈성불사의 밤〉으로 유
명한 성불사(成佛寺)는 이름이 좋아 그런지 전국 곳곳에 여러 군데
여서 그중 어느 절이 이은상 시인이 노래한 성불사인지 궁금해하는
이가 많은 모양이다. 이 노래는 음치를 간신히 면한 수준인 나의 최
고의 애창곡이기도 해서 그걸 알아본 적이 있는데 황해도 사리원과
황주 경계의 정방산에 있는 성불사가 바로 그 절이라고 한다. 그런
즉, 다른 사찰들은 연고권(?)을 주장할 생각은 아예 접어야 할 것이
다.

세 곳 중 한 곳(강원도 동해시)에 대해서는 앞에서 이미 얘기했고 나머지 두 곳에 대해 간략히 언급하려고 한다.

먼저, 유배문학관(2010년 개관)까지 지어놓은 경남 남해군이다. 남해군이 막대한 예산을 들여 유배문학관이라는 다소 특이한 문학관을 설립한 것은 주로 서포(西浦) 김만중(金萬重)을 염두에 둔 사업이었다. 그가 남해에 위리안치(圍籬安置)된 기간(1689~1692년)에《구운몽》을 썼다는 게 정설이라고 한다. 그는 이곳에서 별세했다.

약천 선생은 거제도에 이어 남해도에서 유배생활을 했다. 그러므로〈동창이 밝았느냐〉를 이때 창작했을 가능성이 있다. 창작했을 가능성이 있다는 것과 창작했다는 것은 전혀 다른 일인데 어느 국문학자인지는 모르나 창작했다고 단언했다. "재 너머 사래 긴 밭"은 어드메를 가리킨다고 구체적 지명까지 제시하면서. 강원도 동해시 약천사의 시조비 해설을 쓴 국문학자가 그랬던 것처럼 말이다.

'국민 시조'의 탄생지를 둘러싼 경쟁을 약천 선생의 향리인 충남 홍성군(구항면, 결성면)이 좌시할 리 있겠는가. 단연코 없다. 홍성문학회는〈동창이 밝았느냐〉는 선생이 향리에서 은퇴생활을 하던 시기에 지었으며 "재 너머 사래 긴 밭"은 구항면의 어디어디를 가리킨다는 강력한 주장을 내놨다.

구항면은 서해안고속도로 홍성IC를 끼고 있어 수도권과의 교통이 편리한 데다 천수만과 안면도로 가는 길목이어서 내가 한때(동해안으로 내려오기 직전) 말년을 보낼 곳으로 점찍고 아파트를 물색했던 곳이다. 아, 그러고 보니 약천과 묵촌, 두 선생의 인연이 보통이 아니구나!

재미있는 것은 경기도 용인시가 자기네도 연고권을 가지고 있다고 나선 일이다. 약천이 한때 용인에 살았고 묘도 용인에 있다는 것이다. 그래서 용인문학회에서는 남구만신인문학상이라는 공모전을 열고 있다.

이렇듯 약천 선생께서는 생전 못지않게 사후에도 바쁘시다. 이게 다 〈동창이 밝았느냐〉라는 명작 시조 때문이니 이 사실 하나만으로도 문학의 위력이 얼마나 대단한지 알 수 있다.

> ✿ 덧붙이는 말: 남구만 옹이 유배생활을 하면서 약천이란 이름의 샘을 사랑한 나머지 그 이름을 호로 삼았을지도 모른다는 생각에 잠을 설쳤다. 간밤엔 그렇지 않아도 열대야에 모기까지 설쳤다. 이 문제를 밝혀내는 것은 내 능력 밖의 일이라는 결론을 내리면서 잠들 수 있었다.

'수삽석남'의 석남은 무슨 꽃일까

　나로서는 깜짝 놀랄 만한 주장을 최근 접했다. 석남이 매화라는 것이다. 매화가 석남꽃이라니….

　다들 아시는 내용이겠지만 글을 전개하는 데 필요해서《수이전(殊異傳)》의 '수삽석남(首揷石枏)' 중 해당 부분을 옮겨온다.

　　新羅 崔伉 字石南 有愛妾 父母禁之 不得見數月 伉暴死 經八日
　　夜中伉往愛妾 妾不知其死也 顚喜迎接 伉首揷石枏枝…
　　於是 開棺視之 屍首揷石枏…

　그 같은 주장을 접한 곳은 권위를 자랑하는 민족문화대백과사전(한국학중앙연구원)의 수삽석남설화항이다. 여기에 다음과 같이 번역되어 있다. "그는 자기의 머리에 꽂고 있던 매화꽃가지[石枏]를…."

한자 사전에 따르면, '枏'은 '楠'의 본자이며 속자는 '柟'이다. 이 글자(枏)의 쓰임을 나는 영문학자 김재남(金在枏, 1922~?) 교수의 이름에서 여러 해 전에 보았고 이것이 마지막이다(《수이전》은 논외로 하고).

사전에서 '石楠'을 찾아보니 '石南'과 같은 말로 처리되어 있거나 아예 '石南'만을 표제어로 내세우기도 한다. (崔伉의 자가 하필이면 石南인지?) 그 풀이를 보면 세상 사람들이 흔히 알고 있는, 오뉴월에 흰꽃 또는 연분홍꽃을 피우는 바로 그 석남꽃을 말한다. 매화하고는 개화 시기부터가 사뭇 다르다.

매화와 석남꽃은 계통도 달라서, 매화는 장미과, 석남꽃은 진달래과 또는 석남과(여기에서도 갈림)에 속한다.

우리말큰사전(한글학회)은 '石楠'과 '石南'을 같은 말로 보고 '石南'을 표제어로 삼으면서 진달래과에 속하며 가시석남, 만병초라고 했다.

표준국어대사전(국립국어원)은 한자를 '石南'만 적고 ① 석남과의 상록관목 ② 만병초라고 했으며 '철쭉'의 잘못이라고 밝혔다.

조선말대사전(사회과학연구원, 평양)은 산에서 절로 나는 사철 푸

른 떨기나무의 한 가지라고 하고 한자는 표준국어대사전처럼 '石南'
만 적었다.

중한사전(두산동아)에는 '石南'과 '石楠'은 같은 말이고 홍가시나
무라고 했다. 국가식물종지식정보(국립수목원)에 따르면, 홍가시나
무는 장미과에 속한다.

여기에서 한 가지 생각이 문득 떠오른다. 신라 시대에 '石枏'으로
불리던 꽃(나무)과 오늘날 '石南, 石楠'으로 적히는 그것이 혹시 다른
종류가 아닌가 하는 것이다. 민족문화대백과사전이 '石枏'을 허투루
매화라고 했을 리 없다. 근거자료가 있을 터인데 그것이 무엇인지 알
수 없어 답답하다.

궁금증을 풀어보려다 오히려 더 궁금해졌다. 혹 떼려다 하나 더
붙인 격이다.

골치 썩이는 이런 문제와는 상관없이 시인은 노래한다. 나는 이것
저것 뒤지랴 땀 흘렸는데 그는 노래만 낭자하게 부른다. 내가 개미라
면 그는 베짱이다.

（前略）

죽어서도 살아서

머리에 석남꽃을 꽂고

서른 해만 더 한 번 살아볼꺼나

- 서정주〈石南꽃〉

시인은 석남꽃은 어떤 꽃으로 알고 이 시를 썼을까?

신라 미녀 벽화와 그 집안 이야기 (1)

　저 유명한 '사금갑(射琴匣)' 설화의 주인공인 소지(炤智)마립간 (일명 비처(毗處), 재위 479~500)이 생애 마지막으로 사랑한 여인 벽화(碧花)와 그로부터 무려 2백 년 후의 인물인《화랑세기(花郎世 記, -世紀)》의 저자 김대문(金大問)이 멀긴 해도 분명한 혈연관계라 고 한다. 1,300여 년의 시공을 뛰어넘어 불쑥 나타나 세상을 놀라게 하면서 진짜냐 가짜냐 논쟁을 일으킨 '신라인이 쓴 신라의 역사',《화 랑세기》필사본 기록에 따르면 그렇다.

　이야기가 딱딱하고 어렵게 시작되었는데 좀 재미있고 가볍게 풀 어 써보자. 먼저《삼국사기(신호열 역해 권三 신라본기三)》에 전하는 내용이다.

　때는 서기 500년 9월, 소지마립간이 날이군(捺已郡, 훗날의 경북

영주)에 행차했다. 그때 군민 파로(波路)가 딸이 있었는데 이름이 벽화, 나이는 16세, 얼굴이 국색이었다. 그 아버지가 딸에게 비단옷을 입혀 수레에 앉히고 채색 비단으로 덮어씌워 왕께 바쳤다. (중략) 몰래 그 계집을 데려다 별실에 두었는데 이제 와서 아들 하나를 낳았다. 겨울 11월, 왕이 죽었다.

짧고 슬픈 사랑의 기록이 이것으로 끝나는가 싶어 퍽 아쉬워하던 차에 그 후일담을 《화랑세기》의 첫머리에서 발견한 나는 흥분하지 않을 수 없었고, 그래서 벽화를 주인공으로 《석남꽃 연가》라는 장편소설을 쓰기까지 했다. 90%는 픽션이었지만….

앞의 기록에서는 아버지와 딸만 나오는데 《화랑세기》 첫머리에는 어머니와 남동생이 등장한다. 네 사람 중에서 가장 주목해야 할 유명인사가 된 인물은 남동생이니, 그가 바로 1세 풍월주(風月主)인 위화랑(魏花郎)이다. 풍월주는 화랑도의 우두머리로, '화랑'이란 이름도 법흥왕이 이 젊은이의 이름을 따다 붙인 것이라고 한다.

위화랑의 기록에는 《화랑세기》 진위에 못지않은 뜨거운 관심을 촉발한 마복자(摩服子)의 존재가 나온다. 마복자를 글자 그대로 풀이하면 '(남녀가) 배를 비벼대서 나온 자식'쯤 될 텐데 아랫사람이 임신한 아내를 높은 사람에게 바쳐 정을 나누게 하고 그러다가 출산한 자식은 그 높은 사람의 '아들'로 본다는 것이다. 여기에서 높은 사람은 소지마립간이고 아랫사람은 대체로 귀족들이다. 소지마립간은 이 해괴망측한 시스템(?)으로 일곱 명의 마복자(세칭 摩服七星)를 거느림으로써 서로 밀어주고 당겨주는 강력한 정치적 집단을 형성할 수 있었다. 즉, 마복자를 성적 문란이라는 측면으로만 봐서는 안 된다는 것이 《화랑세기》의 신빙성에 무게를 둔 학자의 견해다.

신라 미녀 벽화와 그 집안 이야기 (2)

《화랑세기》에 따르면, 위화랑은 섬신공(剡臣公, 염신공)의 아들이
며 어머니는 벽아부인(碧我夫人)이다. 어머니가 총애를 받아 비처왕
(소지마립간)의 마복자가 되었다고 한다.

이 대목은 《삼국사기》의 기록을 포함해 이 기록으로 짐작할 수 있
는 정황과 크게 어긋날 뿐 아니라, 《화랑세기》의 신빙성을 의심케 한
다. 단순히 두 사서의 기록이 다르다고 해서 하는 말이 아니다.

파로(섬신공)는 평범한 날이군민이었음이 분명하다. 마립간이 온
다는 소식을 듣고, 물실호기라, 예쁜 딸을 데리고 나온 것은 그의 눈
에 들어 부귀영화를 얻고자 함이다. 날이군은 경주에서 머나먼 변방
이었으니 이번에 놓치면 언제 다시 그런 기회가 오겠는가.

왕은 환궁하고 나서도 벽화를 만나려고 몇 차례인가 그 먼 날이군으로 미행하고, 그러다가 소문이 나고, 도중에 고타군(古陀郡)의 어느 할머니 댁에 묵으면서 할머니한테 핀잔을 다 듣고 나서야 벽화를 궁으로 불러들인다. 이것이 상식적이고 누가 봐도 수긍할 만한《삼국사기》의 기록이다.

그런데《화랑세기》는 파로가 임신한 아내 벽아를 왕한테 바치고 이로써 마복자인 위화랑이 태어났다고 하니 참 이상하다. 물론 딸과 아내를 동시에 왕에게 바쳤을 가능성이 전혀 없지는 않다. 신라였으니까.

법흥왕이 부군(副君, 소지마립간의 뒤를 이어 등극하는 지증마립간)의 아들인 국공(國公)의 자리에 있을 때 위화랑이 궁궐에 출입하면서 이미 왕(소지마립간)의 총애를 국공보다 더 받았다는 기록도 매우 수상쩍다.

지증마립간은 서기 514년에 죽고 같은 해 국공(휘는 김원종(金原宗))이 왕위에 오르니 그가 곧 법흥왕(마립간 대신 최초로 왕이라 함)이다. 위화랑이 왕의 마복자라면 나이가 누나인 벽화보다 17년쯤 아래여서 서기 500년에 죽은 왕의 총애를 김원종과 다투기에는 너무도 어렸고, 게다가 김원종이 한때 위화랑에게 하배(낮은 자리에서 절함)하기도 했다니 이 기록을 믿을 수 있겠는가.

왕이 죽은 후 벽화는 새 왕의 태자인 김원종(나중의 법흥왕)의 측실이 된다. 지증은 소지의 6촌 동생이다. 그러니까 김원종은 아버지의 6촌 형, 그것도 마립간의 후실이었던 여자를 차지한 것이다. 벽화가 원체 아름답고 젊으니, 뭐 그럴 수도 있었으리라고 본다.

한편, 소지마립간과 벽화 사이에 태어난 아들은 어떻게 되었을까? 원문에 '지생일자(至生一子)'라고 했는데 이 '子'는 딸을 뜻할 수도 있겠지만 어쨌든 화랑세기에는 이에 관한 언급이 없다. 영아사망률이 높은 시절이었으므로 일찍 죽었을지도 모른다.

벽화는 태자 김원종의 여자가 된 후 딸을 낳는다. 바로 삼엽궁주(三葉宮主)다. 바람둥이 김원종은 처제인 미녀 오도부인(吾道夫人)과도 정을 통했을 뿐 아니라, 실컷 재미 보고 나서는 벽화를 비량공(比梁公)에게, 오도는 아시공(阿時公)에게 주었다. 이에 앞서 빼어난 미남인 위화랑은 오도와 통정해서 딸 옥진궁주(玉珍宮主)를 낳았다. 오도는 이 때문에 태자한테서 버림받는다.

이렇게 벽화는 왕의 품에서 태자의 품으로, 다시 귀족의 품으로 주류에서 차츰 밀려난다. 이후 그녀의 운명과 행적이 궁금하신 분은 이후준의 장편소설 《석남꽃 연가》를 인터넷 서점에서 사 읽으시기 바란다. 전자책이라 값이 싸고 단말기, PC, 모바일 등으로 편하게 읽을 수 있다.

신라 미녀 벽화와 그 집안 이야기 (3)

벽화의 남동생 위화랑은 얼굴이 백옥과 같고 입술은 마치 붉은 연지와 같고 맑은 눈동자와 하얀 이를 가졌는데 말이 떨어지면 바람이 일었다(이종욱 역주해 《화랑세기》 참고). 한마디로 '세기의 미남'이었다.

이런 위화랑에게 한눈에 반한 태자의 처제 오도는 장수를 잡으려면 말을 쏘랬다고 벽화와 태자(김원종)의 딸 삼엽에게 접근해서 환심을 산 후 삼엽의 삼촌인 위화랑과 가까워질 수 있었다. 신라의 왕실에서 플라토닉한 사랑은 없다. 좋으면 곧장 침실로 향한다. 이렇게 해서 딸(玉珍)을 낳았음은 앞에서 말했다.

위화랑이 태자 김원종의 여자이자 처제인 오도를 가로채자 김원종은 위화랑을 궁 밖으로 내치려 했으나 역부족이었다. 그에게는 막강한 팬덤(Fandom)이 있었던 것이다. 태자비인 보도(保道)부인이 왕(지증마립간)에게 청해 위화랑을 천주(天柱)에 봉하고 제사를 주관하게 했고, 죽은 소지마립간의 비인 연제(延帝)태후 또한 위화랑을 사랑했다.

위화랑은 이어 이찬 벼슬에 오른다. 이찬은 왕족만 할 수 있는 벼슬이니, 이 부분은 위화랑이 왕의 마복자라는 기록과 일치한다.

김원종은 왕(법흥왕)이 되고 나서도 사고를 크게 친다. 애인이자 처제인 오도가 낳은 딸, 그러니까 조카딸인 옥진을 총애하고 정비인 보도(保道, 삼국사기엔 保刀)로 하여금 머리를 깎고 절에 들어가도록 했다. 옥진은 머지않아 아들 비대(比臺)를 낳는다.

오도에게서 옥진을 낳은 위화랑은 이번에는 법흥왕의 후궁이었던 준실(俊室)을 아내로 맞아 아들 이화랑(二花郞)을 낳는다. 준실은 자비마립간의 외손이다, 이로써 보더라도 위화랑은 명실공히 왕가의 일원으로 자리를 잡았음이 확실하다.

이화랑은 아들을 낳은 후에도 보도부인의 딸인 지소태후(只召太后)의 딸 숙명(叔明)과 사랑에 빠져 도피행각까지 벌인 끝에 아들을 낳았으니, 이 아들이 훗날의 '동방의 대성인' 원광조사(圓光祖師)이고, 그의 아우 보리사문(菩利沙門)은 곧 김대문의 증조부가 된다.《화랑세기》의 '1세 풍월주 위화랑'의 기록은 이렇게 끝을 맺는다. (《삼국유사》,《당속고승전》,《속고승전》에는 원광의 속성이 박씨 혹은 설씨로 기록되어 있다.)

미녀 벽화에 대한 기록은 '5세 풍월주 사다함'에도 이어진다. 비량공에게 시집가서 낳은 아들 구리지(이 역시 미남이었다)가 세 자녀를 두었는데 막내가 대가야 정벌(562년, 진흥왕 23)에서 큰 공을 세운 사다함(斯多含)이다.

미녀 벽화의 집안 내력은 어디까지가 진실이고 또 어디부터가 허구인가? 이것은 크게 보면《화랑세기》의 진위와도 관계되는 물음이요 문제다.

> ✿ 덧붙이는 말:《화랑세기》에는 향가 한 수가 나온다. 정연찬 교수는 이 향가를 해독한 끝에《화랑세기》가 위작일 수 없다고 했다고 한다.

〈풍랑가〉 이모저모 (1)

風只吹留如久爲都

郎前希吹莫遣

浪只打如久爲都

郎前打莫遣

早早歸艮來艮

更逢叱那抱遣見遣

此好 郎耶 執音乎手乙

忍麼等尸理艮奴

〈풍랑가(風浪歌)〉는 《화랑세기》 '六世 世宗' 조에 실린 향가로, 궁중 미녀 미실(美室)이 사랑하는 사다함을 전쟁터로 떠나보내면서 불렀다. 정연찬 교수는 이 노래를 〈풍랑가〉 또는 〈송출정가(送出征歌)〉라 명명하고 다음과 같이 해독했다.

바람아 분다고 하되

임 앞에 불지 말고

물결이 친다고 하되

임 앞에 치지 말고

빨리빨리 돌아오라

다시 만나 안고 보고

아흐, 임이여 잡은 손을

차마 물리라뇨

《화랑세기》에 기록된 대로 미실이 불렀든,《화랑세기》 필사자인 남당 박창화(南堂 朴昌和, 1889~1962)의 창작이든 참 아름다운 노래임엔 틀림없다.

이 향가에 대한 국문학계의 의견은 신라 향가가 맞다, 남당의 위작이다, 글쎄 잘 모르겠다는 세 가지일 것이다. 내 견해도 밝힐 수 있으면 좋으련만 향찰이라는 표기법에 원체 무식해서 어학적으로는 할 말이 전혀 없고(국문과 4년을 무얼 하며 보냈는지…) 다만 논리적으로 몇 마디는 할 수 있을 것 같다.

한학을 공부한 남당은 1900년 관립한성사범학교(서울대 사대의 뿌리)를 졸업, 보통학교와 배재고보 교사로 10년간 재직한 후 일본에 건너가 역사잡지《중앙사단(中央史壇)》에 논문을 발표하고 1933

년 10월부터 궁내성 도서료의 조선 자료 담당자로 일했다고 한다.

그의 이력을 새삼스럽게 나열하는 것은 그가 하자고 들면 향가 한 수쯤은 얼마든지 창작할 수 있는 실력파였다는 사실을 지적하고자 함이다. 더욱이 1930년대 이후에는 오쿠라 신페이(小倉進平)와 양주동에 의해 향가 해독이 이루어져 이들을 참고해서 향가를 쓸 수도 있었다.

이렇게 말하면 크게 보아 《화랑세기》 위작설 쪽으로 기우는 것이 아니냐고 할 수도 있겠지만 그렇지 않다. 실은, 처음에는 다소간 그랬지만 다음에 소개하는 이도흠 교수(한양대)의 분석 결과를 접하고는 생각이 많이 바뀌었다.

이 교수는 "향가(풍랑가)를 어절 단위로 끊어 읽어보니 총 17곳 가운데 7곳이 오쿠라와 양주동의 향찰 해독과 차이가 났다"면서 "특히 이들 7곳 중 상당수가 오쿠라나 양주동도 생각하지 못한 고대국어의 흔적"이라고 말했다. 예컨대 오쿠라 등을 참작했다면 '바람이'나 '물결이'는 '風是'나 '浪是'로 표기해야 한다. 하지만 필사본은 '只'를 주격조사 '이'로 이용해 '風只'나 '浪只'로 적고 있다.

이 교수는 "학계 일각에서 '風只'는 '風是'를 잘못 적은 결과라고 보기도 하지만, 조선 시대까지 '이'에 해당하는 다른 주격조사로 '是

(시)' 외에 理(리)·米(미)·未(미) 등 '이' 모음을 갖춘 한자가 표기에 사용되었다"면서 "역시 '이' 모음이 있는 'ᄆᆞ'를 주격조사로 썼다는 것은 이런 전통과 맥락을 같이 하는 고대표기법의 흔적"이라고 덧붙였다.

이런 사실들을 근거로 이 교수는 "조선조에 향찰을 해독한 학자가 없으므로 이 노래는 최소한 고려조 이전에 기록된 것"이라며 이런 향찰을 응용한 향가를 수록한 필사본은 "(원본 저자가) 김대문일 가능성이 크다"고 결론 내렸다.

이에 반해 〈풍랑가〉는 위작이라는, 나의 '논리적'인 견해로는 납득되지 않는, 다음과 같은 내용의 주장도 나왔다.

〈풍랑가〉 이모저모 (2)

모 지방대학의 아무개 교수는 〈풍랑가〉는 "후대 사람이 향찰 문자 표기법을 대충 흉내 내어 만든 것으로 믿어진다"면서 그 근거로 〈풍랑가〉에 쓰인 39자 56회의 용자(用字) 중 '吹, 久, 莫' 등 9자(23%) 13회(23.2%)의 한자는 지금까지 알려진 25수의 향가에서 쓰인 일이 없는 자라고 밝혔다.

그는 이 같은 빈도는 향가 25수의 총 용자 455자, 총 빈도 1,909회 중 빈도수 1회인 용자 209자의 빈도와 총 빈도와의 비율이 10.9%에 불과했던 점에 비춰볼 때 신뢰하기 어렵다고 주장했다.

이 밖에도 '잡은 손'으로 해독되는 '執音乎手'의 경우 〈헌화가〉에서 베껴온 것으로 보이고 4자 연결이 다른 향가에서는 발견되지 않는다는 점 등 20여 가지의 오류를 지적했다.

다른 오류들이라는 것이 무엇인지는 잘 모르겠으나 용자와 빈도를 따진 부분은 '논리적'인 견지에서 받아들일 수 없다. 고작 25수의 짤막한 노래에 쓰인 글자가 다 합쳐봤자 몇 자나 된다고(그의 집계로는 455자) 여기에 들지 않은 글자를 사용했으니 "이건 가짜요"라고 한다. 이런 논리가 어떻게 가능할까?

그가 말하는 빈도라는 것도 이런 무리한 논리의 연장선상에 있다. 내 생각으로는 25수 향가에 쓰이지 않은 글자를 사용했음이 오히려 훨씬 자연스럽고 상식에도 맞게 보인다. 틀로 찍어내는 것도 아닌데 어떻게 그 글자들만을 써서 작품을 만드나. 그리고 향찰 사전이나 향찰 문법서도 없는 터에 특정 작품이 향찰 표기법을 대충 흉내 냈다는 김 교수의 지적도 적절치 않아 보인다.

그의 소론에서 드러나는 무엇보다도 큰 '논리적'인 허점은 '執音乎手'를 〈헌화가〉에서 베꼈다는 부분이다. 그는 〈풍랑가〉와, 이 향가를 포함한 《화랑세기》는 위작이라는 전제 아래, 이에 꿰어맞추기 위해 '執音乎手' 표절론을 내세웠다.

《화랑세기》 필사본의 진위 여부는 일단 뒤로 미루고 〈풍랑가〉와 〈헌화가〉를 창작 시대순으로 보면 〈풍랑가〉가 150년 정도는 앞선다. 미실은 진흥왕(재위 540~576) 때 인물이고 견우(牽牛)노인은 성덕왕(702~737) 때 등장한다. 그러니까 그는 〈풍랑가〉가 150년 후에 나온 〈헌화가〉를 표절했다는 주장을 하고 있는 것이다.

그러면 그는 왜 이런 얼토당토않은 표절설을 들고 나왔을까? 앞에서 지적한 대로 《화랑세기》는 위작이라고 전제했기 때문이다.

나는 〈풍랑가〉 관련 논의의 전모를 알지 못하고, 내가 입수할 수 있었던 자료에 국한된 의견(그것도 국어학적이 아니라 논리적인)을 썼다. 여기까지가 나의 한계다.

《화랑세기》 필사본이 진본이기를 간절한 마음으로 바란다. 비유컨대 《삼국사기》와 《삼국유사》가 흑백영화라면 《화랑세기》는 총천연색 영화다. 그 무지개 빛깔을 사랑하지 않으려야 않을 수 없다. 결과적으로는 내가 어리석은 사람이 될지도 모르지만 말이다.

Wise men say

only fools rush in,

But I can't help

falling in love with you.

Foster의 노래와 철자법 대회 (1)

풍금 소리가 방안 가득 울려 퍼졌다. 나는 섬강을 회상했고 여인
은 창가에 서서 귀를 기울였다.

마지막 선율의 여운이 사라지자 여인은

"참 좋았어요."

라고 진심 어린 말을 했다.

"부끄럽군요."

나는 일어나서 등나무의자로 돌아왔다.

"스와니 강이 어떤 강인지 아세요?"

여인은 건너편에 와 앉으며 대답했다.

"포스터가 미국 작곡가니 미국에 있는 강일 것이라는 정도…"

"맞습니다. 지명 사전에서 봤는데 멕시코 만으로 흘러 들어가는
길이가 사백 킬로 되는 강이라고 합니다. 사백 킬로면 우리나라
금강과 같은 길이예요. 강 중류변에 노래 기념관이 있다는군요."

"그렇군요."

"이 강의 이름은 서와니인데 포스터가 곡을 붙인 노랫말은 사투리가 많고 스펠링도 엉망이어서 강 이름도 스와니라고 되어 있었던 모양입니다."

"자세히도 아세요."

"어쨌든 〈스와니 강〉은 단조로우면서도 서정성이 뛰어난 노래라고 생각하는데, 그렇죠?"

"네. 그래서 세계적으로 유명한 곡이 되었겠지요."

– 이후준 장편소설《과꽃》(2010)에서

1851년 발표된 이 노래의 가사를 보면 아닌 게 아니라 철자가 엉망이다. (1절, 괄호 안은 바른 철자)

Way down upon de(the)

Swanee(Suwanee) Ribber(River),

Far, far away,

Dere's(There's) wha(where) my heart

is turning ebber(ever),

Dere's(There's) wha(where) de(the)

folks stay.

Suwanee가 Swanee로 된 것에 대해서 어떤 이는 악보의 음표에 맞춰 2음절로 줄인 결과라고 하는데 고유명사를 줄이는 예가 있는지 의심스럽고 다른 부분의 철자들이 틀린 점으로 보아 꿈보다 해몽이 더 좋은 격으로 보인다.

미국 플로리다 주는 이 노래를 주가(州歌)로 채택하면서 틀린 철자를 바로잡았음은 말할 것 없고 2절 'Still longing for de(the) old plantation'에서 plantation을 station으로 바꾸었다. 어째 좀 어색한데 plantation이 흑인을 노예로 부렸던 부끄러운 기억을 떠올릴 수 있어서가 아니었을까? 전적으로 내 추측이다.

어느 나라나 대동소이하겠지만 특히 미국은 철자 바로쓰기 교육에 힘을 쏟는다는 인상을 준다. 미국 영화에 자주 나오는 National Spelling Bee가 그 좋은 예다.

스펠링(Spelling)을 영어 사전에서는 맞춤법이라고도 번역한다. 한글 맞춤법이 제정되었을 당시의 명칭이 한글 철자법이었으니 정확하지 못한 번역이라고 할 수 없다. 이 문제는 어찌 됐든 우리나라에서도 한글 맞춤법 경시대회가 National Spelling Bee처럼 대규모 연례행사로 열렸으면 한다.

Foster의 노래와 철자법 대회 (2)

정식 명칭이 Scripps National Spelling Bee인 이 대회에는 미국 기준 8학년 또는 16살 생일이 지나지 않은 초등학생과 중학생이 참가할 수 있는데 출제자의 발음을 듣고 참가자가 철자를 맞히는 방식으로 진행된다.

올해의 94회 대회는 지난 5월 말에 열려 6월 2일 대단원의 막을 내렸다. 우승자는 하리니 로건(Harini Logan)이라는 인도계 소녀다. 그녀는 최종 라운드에서 26개 문제 중 22개를 90초 안에 맞혔다.

그간 출제된 문제들을 보면 기가 찰 지경이다. 초중생에게 이런 것을 묻다니. 2018년 대회에서 나온 단어들을 몇 개 보자.

◦ Praxitelean(프락시텔리언): 그리스의 조각가 '프락시텔레스의'

또는 '프락시텔레스와 관련한'의 뜻.

- ispaghul(이스파굴): 서남아시아에서 자라나는 약용 식물.
- telyn(텔린): 셀틱 스타일의 하프.
- condottiere(콘도티어): 기사나 떠돌이 용병.
- miarolitic(마이아롤리틱): 불규칙 공동이 있는 화성암의 구조적 특성을 일컫는 지질학 용어.
- cendre(상드르): 보라와 파랑 사이의 색.
- ankyloglossia(앵킬로글로셔): 설소대단축증(혀와 입 바닥을 연결하는 하리니 로건설소대가 짧아 혀 운동이 제한되는 증상)

2021년 93회 대회는 질 바이든 여사가 참관했고, 2020년 대회는 코로나19 사태로 취소되었다. 그 전해인 2019년 대회에서는 8명으로 사상 최다 우승자가 나왔는데 그중 태반이 인도계였다.

2018년에도 14세 인도계 소년 카티크 넴마니(Karthik Nemmani)가 우승했다. 이로써 인도계 미국인이 14년 연속 우승을 차지했다. 뿐만 아니라 이때까지 나온 23명의 우승자 중 19명이 인도계였다.

미국 이외의 나라에서 대회에 참가하는 길이 열려 있어 우리나라에서도 상위는 아니지만 입상자를 낸 적이 있다고 한다.

한글 맞춤법 대회가 열린다면 철자를 맞히는 미국식 방법은 적절치 않을 것이다.

"거북선은?"
"기역, 어, 비읍, 우, 기역 받침, 시옷, 어, 니은 받침요."

이보다는 짧은 문장을 제시하고 이것을 받아쓴다든지, 제시된 그림의 내용을 제한된 글자 수로 기술(표현)한다든지, 연구하면 알맞은 방법이 나오지 않겠는가.

대회에 앞서, 대회와는 상관없이, 해결해야 할 난제가 한 가지 있다. 언어 현실과 동떨어진 일부 맞춤법 규정을 과감하게 개폐하는 일이 그것이다. 특히 '고약하다' 또는 '기괴하다'고 할 만큼 문제 덩어리인 사이시옷을 사실상 없애버리면 어떨까? 사실상 없앤다고 하는 것은 극소수의 낱말(2음절어 4, 5개 정도)에만 붙이자는 뜻이다. 북한에서는 일찍이 폐지했다.

휘발윳값, 못국, 등굣길, 제빗과… 한마디로, 지나치다. 과유불급(過猶不及).

머지않은 여름의 끝

덥다. 그냥 덥다고 해서는 표현이 안 되는 지독한 무더위다. 밤에도 29도에서 30도를 오르내리니 낮의 열기야 더 말할 게 있겠는가.

바닷가로 나가는 동네 길목에 아담한 3층 학원 건물이 있고 빨간 덩굴장미 꽃송이들이 1층을 길게 둘러 오가는 이들의 눈길을 끌었는데 그 찬란한 아름다움이 빛을 잃었다. 차츰 하나 둘 지고 머지않아 '여름의 마지막 장미'만 남을 것이다. 그 애잔한 노랫소리가 벌써 귓전에 감도는 느낌이 난다.

명곡 〈여름의 마지막 장미(The Last Rose of Summer)〉는 아일랜드의 전래곡(Traditional tune)에 토머스 무어(Thomas Moore)의 시를 붙인 것이다. 일부 자료에는 작곡자 이름이 나오기도 하는데 작곡자라기보다는 편곡자일 것이다.

'Tis the last rose of summer

Left blooming all alone,

All her lovely companions

Are faded and gone.

No flower of her kindred,

No rose bud is nigh,

To reflect back her blushes,

And give sigh for sigh.

I'll not leave thee, thou lone one,

To pine on the stem.

Since the lovely are sleeping,

Go sleep now with them.

Thus kindly I scatter

Thy leaves o'er the bed

Where thy mates of the garden

Lie scentless and dead.

So soon may I follow

When friendships decay,

And from loves shining circle

The gems drop away!

When true hearts lie withered

And fond ones are flown

Oh! Who would inhabit

This bleak world alone?

이 노랫말을 우리나라에서는 이렇게 옮겨 부른다. 1절을 보자.

한 떨기 장미꽃이 여기저기 피었네

한 떨기 장미꽃이 여기저기 피었네

꽃들은 졌건마는 꽃망울도 없나

한 떨기 장미꽃이 여기저기 피었네

안 된 이야기지만 이렇게밖에 옮길 수 없었을까? 참 딱하다. '한 떨기 장미꽃이 여기저기 피었네'부터가 이상하고(여기저기에 한 떨기씩 피었다는 뜻?) 4행 중 3행이 반복이다. 신문사에서는 이런 것을 지면 낭비라고 말한다.

나는 못 떠나겠네 나의 포근한 자리

영원한 잠을 자려 풀들을 덮었네

저 달은 침침하고 저 산은 적막타

발걸음 돌려 못해 여기 나는 잠자네

2절은 원곡의 분위기를 어느 정도 살렸다는 점에서 훨씬 낫다.

이 노래의 선율과 노랫말(lyric, 서정시)은 가수라면 누구나 부르고 싶어 할 만큼 뛰어나다. 그중에서도 나는 켈틱 우먼(Celtic Woman) 초기 멤버(메이브, 올라, 리사, 클로이)의 노래를 가장 사랑한다.

여름아, 어서 가라. 이 아름다운 여인들의 노래 좀 듣자꾸나.

  - 기온이 33도로 치솟은 8월 7일 일요일 아침에

이 시를 아시는 분? (1)

시적 감각이랄까 감수성이랄까 하는 데에 영 꽝인 나는, 그래서 그런 것들이 뛰어난 시를 볼 때마다 감탄 또 감탄한다. 부러워한다. 그러면서 묻는다. 저런 시상이 어떻게 나올 수 있을까?

최근 카톡으로 온 반칠환 시인의 〈한평생〉은 뇌 구조와 감각이 산문적이기만 한 나에게 큰 충격으로 다가왔다.

요 앞, 더러운
시궁창에서
오전에 부화한
하루살이는
점심 때 사춘기를
지나고

오후에 짝을 만나
저녁에 결혼하고
자정에 새끼를 쳤고
새벽이 오자
천천히 해진 날개를
접으며 외쳤다.
춤추며 왔다가
춤추며 가노라.

미루나무 밑에서
날개를 얻어
7일을 산 늙은 매미가
말했다.
득음도 있었고
지음도 있었다.
꼬박 이레 동안
노래를 불렀으나
한 번도 나뭇잎들이
박수를 아낀 적은
없었다.

칠십을 산 노인이

중얼거렸다.

춤출 일 있으면

내일로 미뤄 두고

노래할 일 있으면

모레로 미뤄 두고,

모든 좋은 일은

좋은 날 오면 하마고

미뤘더니 가쁜 숨만

남았구나.

그 즈음

어느 바닷가에선

천 년을 산 거북이가

느릿느릿 천 년째

걸어가고 있었다.

모두 한평생이다.

　인용이 다소 길었지만 중략을 하기에는 아까워서 하는 수 없었다. 이 시인의 다른 작품으로는 또 무엇이 있는지 찾아보았다. 먼저 발견한 것은 〈자벌레〉.

한심하고 무능한 측량사였다고 전한다 아무도 저이로부터 뚜렷한 수치를 얻어 안심하고 말뚝을 꽝꽝 박거나, 울타리를 치거나, 경지정리를 해본 적이 없다고 말한다 딴에는 무던히 애를 썼다고도 한다 뛰어도 한 자, 걸어도 한 자, 슬퍼도 한 자, 기뻐도 한 자가 되기 위해 평생 걸음의 간격을 흩뜨려뜨리지 않았다고 한다 그러나 저이의 줄자엔 눈금조차 없었다고 한다

따뜻하고 유능한 측량사였다고 전한다 저이가 지나가면 나무뿌리는 제가 갖지 못하는 꽃망울까지의 거리를 알게 되고, 삭정이는 까맣게 잊었던 새순까지의 거리를 기억해냈다고 한다 재면 잴수록 거리가 사라지는 이상한 측량을 했다고 한다 나무밑둥에서 우듬지까지, 꽃에서 열매까지 모두가 같아졌다고 한다 새들이 앉았던 나뭇가지의 온기를, 이파리 떨어진 상처의 진물을 온 나무가 느끼게 되었다고 한다 저이의 줄자엔 눈금조차 없었다고 한다

저이가 재고 간 것은 제가 이룩할 열 뼘 생애였는지 모른다고 한다 늘그막엔 몇 개의 눈금이 주름처럼 생겨났다고도 한다 저이의 꿈은 고단한 측량이 끝나고 잠시 땅의 감옥에 들었다가, 화려한 별박이자나방으로 날아오르는 것이었다고 한다 별과 별 사이를 재고 거리를 지울 것이었다고도 전한다

키요롯 키요롯 — 느닷없이 날아온 노랑지빠귀가 저 측량사를 꿀

꺽 삼켰다고 한다 저이는 이제 지빠귀의 온몸을 감도는 핏줄을 잴 것이라 한다 다 재고 나면 지빠귀의 목 울대를 박차고 나가 앞산에 가 닿는 메아리를 잴 것이라 한다 아득한 절벽까지 지빠귀의 체온을 전할 것이라 한다

무심코 봐넘겼던 저 하찮은 미물에서 이런 경이로운 사연이 나오다니! 우리말이, 그 표현력이, 이토록 아름답고 풍부하다니! 늙어가면서 배운다더니, 내가 딱 그렇다.

❀ 에세이집 출간에 즈음해서 이들 작품의 전문 인용을 기꺼이 허락해 주신 반칠환 시인에게 깊은 감사를 드립니다.

이 시를 아시는 분? (2)

반칠환 시인의 작품을 하나 더 보자. 〈새해 첫 기적〉이다.

황새는 날아서
말은 뛰어서
거북이는 걸어서
달팽이는 기어서
굼벵이는 굴렀는데
한 날 한 시 새해 첫날에 도착했다

바위는 앉은 채로 도착해 있었다

조금 묵은 뉴스를 어제서야 봤는데 지난 7월 16일 전남 해남 땅끝
순례문학관에서 이 고장 출신 박성룡 시인의 20주기를 맞아 '풀잎의

시인, 자연의 노래 박성룡'을 주제로 전국학술대회가 열렸다.

대회는 ▲박성룡 시인과 영도 동인을 추억하다(김정옥 작가) ▲시적 긴장과 정치한 언어, 박성룡의 시(이건청 시인) 발표에 이어 ▲풀잎과 이슬, 그리고 행성 상상력(전남대 전동진 교수) ▲박성룡의 초기시 연구(조선대 이동순 교수) ▲박성룡 시의 인지시학적 연구(부경대 김청우 교수) ▲박성룡의 시세계와 시사적 의의(염주초 고현송 교사) 등의 주제 발제와 종합토론 순으로 진행되었다.

박성룡 시인의 생년은 1930년, 1932년, 1934년으로 기록마다 차이가 난다. 당시 시골 사정이 흔히 그렇듯 출생신고가 늦어졌던 모양이다. 2002년 별세했으니 고희는 넘겼을 것이다.

잡지사에 이어 신문사에 근무하다가 사직하고 농사를 지었고 그러다가 돌아온 신문사가 마침 내가 일하는 곳이어서 이름만 알던 그를 얼굴까지 알게 되었다(작품 몇 편은 읽어봤을 것이다). 하지만 부서도 다르고 나이 차도 크고 더욱이 내가 회사를 옮기는 바람에 개인적인 친분은 전혀 쌓지 못했다. 그는 조용하고 여리고 행동이 드러나지 않아, 북적거리는 편집국에서 그림의 배경과 같은 존재였다. 이번에 알고 보니 편집부국장으로 정년퇴직했다고 한다.

박성룡, 반칠환 두 시인의 인상은 소박 소탈하고 논밭의 흙냄새를 풍긴다는 점에서 비슷하다. 도시의 빤질빤질한 깍쟁이들하고는 거리가 아주 멀다. 비교 연구는 해보지 않았지만 시의 세계도 겹치는 부분이 많을 것으로 생각된다. '풀잎의 시인, 자연의 노래'를 '반칠환' 앞에 붙여도 되지 않을까?

다음은 박성룡의 〈풀잎〉과 〈바람 부는 날〉이다.

풀잎은 퍽도 아름다운 이름을 가졌어요
우리가 '풀잎'하고 그를 부를 때는
우리들의 입 속에서는 푸른 휘파람 소리가 나거든요
바람이 부는 날의 풀잎들은
왜 저리 몸을 흔들까요
소나기가 오는 날의 풀잎들은
왜 저리 또 몸을 통통거릴까요
(후략)

....

오늘따라 바람이
저렇게 쉴 새 없이 설레고만 있음은
오늘은 내가
내게 있는 모든 것을 여의고만 있음을
바람도 나와 함께 안다는 말일까

(중략)

아 지금 바람이
저렇게 못 견디게 설레고만 있음은
오늘은 또 내가
내가 잃은 모든 것을 되찾고 있음을
바람도 나와 함께 안다는 말일까

　20년쯤 전에 우연히 읽고 무릎을 친 짤막한 시가 한 편 있었는데 이제 기억을 되살리려니 안타깝게도 가물가물하다. 하루의 강행군에 지친 벌레 한 마리가 저녁 무렵 피곤한 몸으로 산그늘을 끌어 덮고 잤는데 아침이 되자 간 곳 없고 눈물 한 방울이 그 자리에 남았더라는 내용이다.

　이 시를 아시는 분? 전문과 작자를 알려주시면 후사(!)하려고 한다.

〈像看花一樣看著你〉

제목이 생소한 한어이면서도 한편으로는 어딘지 구면 같다는 생각이 드는 분들이 꽤 있을 성싶다. 다음의 한시(?)는 어떨까? 김소월의 〈산유화〉하고 흡사하지 않은가.

滿山花兒盛開
花兒綻放
無分春夏秋
花兒盛開

在滿山上
在滿山上
灼爍的花
卻在山那邊獨自盛開

그렇다. 〈산유화〉의 전반부로, 한국어에 능통한 중국인이 한역한
것이다.

산에는 꽃 피네
꽃이 피네

갈 봄 여름 없이
꽃이 피네.

산에
산에
피는 꽃은
저만치 혼자서 피어 있네.

역자 류순푸(劉順福)는 중국 문화대학 동방어학부 한국어과를 졸
업한 대만 정부의 직업외교관으로 주한대사관 2등비서로 근무한 적
이 있다. 그가 편찬해서 2004년 출판된 《김소월시선집(金素月詩選
集)》에서 그는 김소월을 '20세기 한국을 대표하는 시인의 한 사람'이
라고 소개했다.

최근(2021년)엔 나태주(羅泰柱) 시집 《꽃을 보듯 너를 본다》가 《像看花一樣看著你》라는 제목으로 대만에서 한역 출판되었다. 역자는 한국외국어대 유형규(柳亨奎) 교수. 이 시집은 인터넷의 블로그나 트위터에서 자주 오르내리는 시들만 모아 엮은 책이라고 한다.

一看再看 才顯美麗
久久凝視 才會可愛

你也如此

자세히 보아야
예쁘다

오래 보아야
사랑스럽다

너도 그렇다

………

有想走的路, 却是不能走的路.
有一個人說好不見了, 却很想念.

有件事要我別做了, 卻很想做.

那就是人生, 那就是思念,

那就是你.

가지 말라는데 가고 싶은 길이 있다.

만나지 말자면서 만나고 싶은 사람이 있다.

하지 말라면 더욱 해보고 싶은 일 있다.

그것이 인생이고 그리움

바로 너다.

나태주 시인과 관련해서 그의 〈대추 한 알〉이 가장 사랑받은 시 10선에 오른 광화문 글판을 자세하게 소개했다.

한역 시에서 공통으로 발견되는 것은 한자라는 표의문자가 지니고 있는 풍부한 표현력이다. 한 예로 S. Foster가 직접 써서 아일랜드 민요가락에 붙인 〈Gentle Annie〉의 한역에는 죽은 Annie를 그리워하는 원작의 절절한 내용이 잘 담겨 있다.

Thou wilt come no more, gentle Annie

Like a flower thy spirit did depart;

Thou are gone, alas! like the many

That have bloomed in the summer of my heart

Shall we never more behold thee;

Never hear thy winning voice again

When the Spring time comes, gentle Annie

When the wild flowers are scattered o'er the plain?

你再也不歸來, 溫柔的 安妮

如花凋萎 你的靈魂已離去

你已逝, 唉, 一如我心中

那許多曾在夏日縱放的芳華

我們是否在不能見你

再不得聽聞你迷人的聲音

當春天來臨 野花再度廣佈原野時

우리나라의 아름다운 시들이 간체자(簡體字)로도 옮겨져 중국 대
륙에 널리 알려졌으면 한다.

〈매디슨 카운티의 다리〉 뒷이야기

남편과 아이들에게 돌아갈 것인가, 사랑에 빠진 사진작가를 따라갈 것인가. 여인은 빗속에서 마지막 순간까지 망설인다. 눈물은 빗물이 되어 차창에 흘러내리고….

불륜이냐 로맨스냐의 논란을 떠나서 영화사에 길이 남을 가슴 아픈 라스트 신으로 많은 사람, 특히 여성을 울린 미국 영화〈매디슨 카운티의 다리(The Bridges of Madison County, 클린트 이스트우드 감독 주연, 메릴 스트립 공연, 1995)〉에는 흥미로운 사연들이 얽혀 있다.

매디슨 카운티는 미국 일리노이 주에 속한다. 이 주는 동쪽 북단(시카고)이 미시간 호에 면하고 미시시피 강(부분적으로는 일리노이 강이라고도 함)이 서쪽과 남쪽, 남동쪽을 크게 감돌아 흐르면서 주

경계선을 이룬다. 주의 남서부에 위치한 매디슨 카운티는 미시시피 강을 끼고 있다. 주 경계 바로 건너편은 세인트루이스.

영화는 로버트 제임스 월러(Robert James Waller)가 1992년 출간한 베스트셀러 소설이 원작인데 제목이 '⋯ 다리'가 아니고 '⋯ 다리들'이라고 되어 있는 것은 여기에 등장하는 다리가 복수이기 때문이다. 먼저 이 다리들에 대해서 알아볼 것이 있다.

첫째, 이 다리들은 미국 전역에 널려 있는 숱한 '그냥 다리'가 아니고 커버드 브리지(Covered bridge)다. 영어 사전에서는 '지붕이 있는 다리, 유개교'라고 하는데 50%쯤 맞는 풀이라고 할 수 있다. 지붕만이 아니라 벽도 있어서다.

이런 다리는 마을에서 멀리 떨어진 외진 하천에 19세기에 많이 건설되었다. 이 시기에 빠르고 튼튼하게 지을 수 있는 새로운 공법이 널리 보급되었기 때문인데 행인과 우마가 비바람과 눈보라를 피할 수 있도록 하려는 목적이었다.

둘째, 미국은 물론 캐나다까지 통틀어 2백여 곳밖에 남아 있지 않은 이 역사의 유물이 매디슨 카운티에 여섯 군데나 있어 관광명소로 자리 잡았다. Cedar(1883년 건설), Roseman(1883), Holliwell(1880), Cutler-Donahoe(1870), Imes(1870), Hogback(1884) 다리가 그것이다. 이 가운데서도 영화에 나온 Roseman과 Cedar 다리가 가장 유명한 모양이다.

Roseman 다리는 그 이름의 유래가 기이하다. rose가 들었다고 아름다운 것을 상상한다면 큰 착각이다.

rose는 동사 rise의 과거형이다. 그러므로 Roseman은 '솟아오른 사나이'가 된다. '공중부양한 사나이'라고 옮기면 더 적절할 듯도 하다. 인디언 이름에 '주먹 쥐고 일어서(Stands with a Fist, 영화 〈늑대와 춤〉에 나오는 백인 여자)'가 있는데 죄수인 이 사나이는 1892년 탈옥했다가 보안관에게 잡혀 호송되던 중 이 다리에서 별안간 몸을 솟구쳐 지붕을 뚫고 사라지는 바람에 '솟아오른 사나이'가 되었다. 그는 끝내 체포되지 않았고, 이 다리는 Roseman 다리라는 이름을 얻었다. 사람들은 이 다리에 유령이 출몰한다고 말하기도 한다.

Cedar 다리는 2017년 4월 15일 오전 6시 무렵 방화로 타버려 골조만이 처참하게 남았다가 2019년 재건되었다.

화재 발생 연도와 날짜, 시각에 대한 관련 자료의 기록은 다음과 같다. 원문을 인용하는 것은 인터넷에 잘못된 정보가 돌아다니고 있어 확실히 바로잡아 주려는 의도다.

Madison County officials investigate a fire that destroyed the structure of the Cedar Covered Bridge, north of Winterset, Iowa, on Saturday, April 15, 2017. The fire was reported around 6 a.m., and was fully engulfed when fire crews arrived. (참고: 아이오와 주는 일리노이 주와 서쪽으로 접경함. 주도는 디모인)

범인 3명 중 주범은 알렉산더 호프(Alexander Hoff)라는 백인 소년으로 범행 당시 17세에 불과했다. 이 다리가 불륜과 관계있다는 것이 방화 이유였다고 한다.

다음은 2018년 6월 1일자 The Des Moines Register가 보도한 호프의 법정 발언이다.

During the hearing, Hoff apologized for his actions.
"I would just like to apologize for the pain that I inflicted onto the community with my actions," Hoff said. "It was a selfish reason why I acted out. It wasn't fair. It wasn't justified. I definitely do regret it."

진심으로 뉘우쳤는지, 중형을 면해보려고 거짓말을 했는지는 신만이 알 일이다. 법정은 전자에 무게를 둔 것 같다. 그에게 10년 형을 선고했으니까.

오래전 〈여로〉라는 TV 드라마에서 며느리를 구박하는 시어머니가, 아니 이 역을 실감 나게 해낸 탤런트가 '국민 밉상'이 된 적이 있었다. 박주아(1942~2011)가 그 불운(?)의 당사자였는데 사실과 허구를 분간하지 못하는 아줌마들이 방송국에 몰려와서는 "못된 아무 개년 썩 나오지 못해?"라며 팔을 걷어붙이는 웃지만은 못할 해프닝이 벌어졌었다.

영화 〈매디슨 카운티의 다리〉의 두 주인공은 내셔널 지오그래픽(National Geographic)의 포토그래퍼인 로버트 킨케이드(Robert Kincaid)와 이탈리아계 가정주부인 프란체스카 존슨(Francesca Johnson)으로, 이들도 사실과 허구 혼동의 당사자가 되어 킨케이드를 실존인물로 아는 사람들이 많은가 하면 프란체스카의 이층집(3271 130th Street, Cumming)이 2003년 '불륜에 대한 응징'으로 방화되어 타버리기도 했다.

특히 킨케이드는 그럴 만도 한 것이, 내셔널 지오그래픽 매거진 1966년 5월호 표지를 매디슨 카운티의 커버드 브리지가 장식했기 때문이다. 킨케이드가 촬영차 이곳에 간 때가 1965년이었으니 앞뒤가 맞아떨어진 셈이다.

계절의 노래들

가을 하면 떠오르는 노래가 동요 빼놓고도 참 많다. 이동원의 〈가을 편지〉, 김동규의 〈10월의 어느 멋진 날에〉, 차중락의 〈낙엽따라 가버린 사랑〉, 이용의 〈잊혀진 계절〉 등 꼽으면 열 손가락이 모자랄 지경이다.

최양숙이 처음 불렀다는〈가을 편지〉는 김민기의 곡도 곡이지만 고은 시인의 동화(?) 같은 노랫말이 아주 이쁘다.

가을엔 편지를 하겠어요
누구라도 그대가 되어
받아주세요
낙엽이 쌓이는 날
모르는 여자가 아름다워요

1951년 부산에서 태어난 이동원은 나하고 약간의 인연이 있다. 첫째, 같은 평안도(이동원의 부모는 실향민) 핏줄이고 둘째, 피난지에서 소년 시절을 보냈으며 셋째, 만나기 쉽지 않은 단양(丹陽) 이씨(李氏) 종씨에다 20여 년 전 충북 청주의 한 공식 석상에서 정식으로 인사를 나누기까지 했다. 서울에서 직장생활을 할 때 회사 앞을 오가는 그가 눈에 자주 띄었던 일은 빼놓고 하는 이야기다. 옥천 금강 기슭에 있는 그의 집을 한번 방문하기로 약속했었는데 이젠 약속을 지키려 해도 그럴 수 없게 되었다. 그는 작년에 저세상으로 떠났다.

사랑의 설렘과 기쁨을 노래한 김동규의 〈10월의 어느 멋진 날에〉는 노르웨이의 남녀 2인조 그룹 시크릿 가든(Secret Garden)의 피아노 주자 롤프 뢰블란(Rolf Løvland)이 작사 작곡한 〈Danse mot vår〉의 번안곡이다.

부모는 노르웨이인인데 스웨덴에서 태어난 엘리자베스 안드레아센(Elisabeth Andreasson)이 1992년에, 노르웨이의 안네 바다(Anne Vada)가 1994년에 불렀고 이어 1995년엔 시크릿 가든이 〈Serenade to Spring〉이라는 곡명으로 음반을 냈다.

〈Danse mot vår〉의 노랫말(英譯)은 다음과 같다.

Through the glint of the rainbow

See, I heaven and sea

Melt together in sunrise

And while thoughts fly

Awakens the senses to life

And the earth hums its own song

I want to dance towards Spring

Feel life in my body

Be young in a newborn year

From a rising sun

I want to dance towards Spring

Be young

(후략)

혜성처럼 나타났다가 가버린 차중락(1942~1968)의 〈낙엽따라 가
버린 사랑〉은 1962년에 발표되어 한 시대를 풍미한 엘비스 프레슬리
(Elvis Presley)의 〈Anything that's part of you〉의 번안곡이다. 애절한
원곡의 노랫말은 다음과 같다.

I memorize the note you sent

Go all the places that we went

I seem to search the whole day through

For anything that's part of you

I kept a ribbon from your hair

A breath of perfume lingers there

It helps cheer me when I'm blue

Anything that's part of you

Oh, how it hurts to miss you so

When I know you don't love me... anymore

To go on needing you

Knowing you don't need me

No reason left for me to live

What can I take, what can I give

When I'd give all of someone new

For anything that's part of you.

10월이 중하순으로 접어들면 이번엔 실연의 고통과 슬픔을 노래한 이용의 〈잊혀진 계절〉이 마치 12월의 크리스마스 캐럴처럼 울려 나온다.

곡명을 노랫말의 한 구절인 '10월의 마지막 밤'으로 아는 사람이 많은 이 노래는 박건호 작사, 이범희 작곡으로, 1982년에 발표되어 그해 MBC 최고인기가요상을 받았다.

이 노래는 영어, 프랑스어, 스페인어, 중국어, 심지어는 힌두어로 가사가 번역되어 불리고 있다(아마 더 있을 것이다). 그중에서 'The Forgotten Season'이라는 제명의 영역 가사를 소개하면 다음과 같다. 여러 영역 중 직역을 골랐다.

> I still remember you, the last night of October
>
> You left me with only untold stories, when we broke up
>
> The sad expression on your face on that day,
>
> Was that your truth?
>
> You couldn't even give me an excuse,
>
> Should we be forgotten just like that?
>
> The season that always come back, and
>
> It still give me a hope of a dream
>
> A dream that cannot come true is very sad,
>
> Makes me want to cry.

이 노래는 발표된 지 5년 후 기막힌 후일담을 낳는다. 바로 그 옛 사랑과의 우연한 해후가 그것이다. 김종찬의 〈당신도 울고 있네요(박건호 작사, 최종혁 작곡)〉는 그렇게 〈잊혀진 계절〉의 속편으로 세상에 나왔다고 한다.

1949년 강원도 원주에서 태어난 박건호는 여러 시집과 박인희가 부른 〈모닥불〉 등 많은 노랫말을 남기고 2007년 지병으로 별세했다.

향년 58세. 원주에는 그를 기리고 기억하는 공간, '박건호 공원'이 생겼다.

> 사랑은 가고
> 과거는 남는 것
> 여름날의 호숫가
> 가을의 공원
> 그 벤치 위에
> 나뭇잎은 떨어지고
> 나뭇잎은 흙이 되고
> 나뭇잎에 덮여서
> 우리들 사랑이 사라진다 해도…
>
> - 박인환(1926~1956), 〈세월이 가면〉

만산홍엽(滿山紅葉) 추풍낙엽(秋風落葉), 어김없는 계절의 운행이 시작되었다. 쉽게 말해 세월이 간다. 여러분에게 부디 아름다운 추억의 가을이 되기를.

보그체와 아파트 이름

"이번 썸머 시즌 어반 컨템포러리 보헤미안을 위한 머스트 해브 아이템".

옷가게의 광고문이라고 하는데 우리말은 문장을 만들기 위한, 낱말과 낱말을 잇는 최소한의 구실만 하고 뜻을 나타내는 알맹이들은 모두 외국어. 이러한 해괴망측한 문체를 '보그체'라고 부른다고 한다. 패션 잡지 《보그(Vogue)》 한국어판이 이런 식으로 기사를 쓰는 바람에 그런 이름이 붙었다.

다음은 이런 보그체를 비꼰 신문 칼럼이다.

"브라운 어텀 시즌의 그루미한 레이니 위크엔드. 그레이한 스피릿을 달래줄 머스트 해브는 바로 에코 프렌들리 플레인 텀블러에

담긴 엣지 있는 에일 한 잔, 그리고 이오니아해의 샤이닝 오션에
서 자란 솔티드 튜나 토프트 라이스 한 스쿱."

- 박한선, 〈세상읽기- 시크한 듯 무심하게, 훈민정음〉, 2021.10.19.

뜻은 이렇다.

"가을철 주말에 비가 오길래, 좀 울적해져서 플라스틱 컵에 맥주
한 잔을 따라 놓고 밥솥에서 밥 한 술을 퍼 담아 참치 통조림을 반찬
삼아 먹었다."

우리말(또는 우리말로 나타내도 될 것)이 외국어에 어느 정도로
침식당하고 있는지를 보여주는 극단적인 사례로는 보그체 말고도 아
파트 이름(이른바 브랜드명)이 있다.

바로 엊그제, 동해시 지도를 들여다보다가 낯선 아파트 이름을 발
견했다. '한국아델리움'. 알아보니 한국아델리움(Hankuk Adelium)은
한국건설의 아파트 브랜드로, Adelium은 귀족을 뜻하는 Adel과 고대
로마의 건축양식을 뜻하는 Atrium의 합성어라고 한다. Atrium은 한
눈에 봐도 라틴어이고(오늘날엔 건축용어로 일반적으로 쓰이고 있
음) Adel은 독일어다.

대한민국의 민주시민이 기거할 아파트 이름에 봉건왕조 시대의 왕족과 귀족, 그들의 특권적인 신분과 호화 사치스러운 삶을 담은 외국어를 아파트 건설사들이 끌어다 쓰는 예는 '아델리움' 외에도 많다.

'로얄(Royal)'은 왕족이니, 왕과 그 일족이다. '普天地下 莫非王土, 率土之濱 莫非王臣(하늘 아래 왕의 땅 아님 없고, 어느 땅의 그 누구도 왕의 신하 아님 없다)'의 바로 그 왕이다.

'리젠시(Regency)'는 섭정이다. 왕 대신 나라를 다스리는 권력자로, 대개는 왕의 친족이 섭정 자리에 앉는다.

'캐슬(Castle)'은 성이다. 오늘날에도 명맥을 이어오고 있는 군주제 국가에서는 왕과 귀족들이 성에 살거나 성을 별장으로 삼고 있다. 엘리자베스 영국 여왕이 별세한 곳도 별장인 밸모럴 성(Balmoral Castle)이다.

'펠리스(Palace, 속칭 팔레스)'는 궁전이다. 궁전이니 당연히 왕이 기거하고 집무한다.

'로얄 팔레스'는 '로얄'과 '팔레스'만으로는 성이 안 차서 붙인 이름인 듯하다. '왕의 제곱'인 셈이니, 그 고귀함은 왕 중 왕이 아닐까?

그러면 '킹덤(Kingdom, 왕국)' 아파트는 없느냐고? 당연히(!) 있다. 검색해 보니 이렇게 나온다. 삼성동 롯데캐슬킹덤아파트, 신정동 롯데캐슬킹덤아파트…. '캐슬'만으로는 양이 차지 않는지 '킹덤'을 붙여 '캐슬킹덤'이 되었다. 성들끼리 모여 왕국을 건설한 모양새다.

이 같은 아파트 이름이 진부하다고 봤는지, 아니면 '좋은 이름'을 선점당하는 바람에 사용할 수 없게 되어 그런지, 새롭고 그럴싸한 외국어 찾기 경쟁이 한창이다. 플래티넘, 골드, 자이, 에비앙, 힐스테이트, 오션뷰, 리버사이드, 레이크사이드, 가든 파이브, 파크, 렉스, 더 샵, 써밋, 오티에르, 포레나 등등 어지러울 지경이다.

한국의 대표기업인 삼성(물산)에서 지어 파는 '래미안'은 한자 '來美安'이라고 하는데 이 이름엔 아파트 위치별로 다음과 같은 외국어가 꼬리처럼 붙는다. 프레스티지, 퀸베일리, 엘리니티, 원펜타스, 어반파크, 블레스티지, 퍼스티지, 첼리투스, 라클래시, 리더스원, 팰리스, 슈르, 아델리체, 메카트리아.

그중 가장 놀라운 이름은 '하늘로부터'라는 뜻인 라틴어 첼리투스(Cælitus)다. Cælitus의 고전 라틴어 발음은 '카일리투스'이고 이것이 어느 시기부터인가 '캘리투스'가 되었다가 이탈리아어식 발음인 '첼리투스'로 변했다. 이런 변화가 걸작이란 말은 물론 아니다. 아파트 이름이 '하늘로부터'라니, 파천황(破天荒)적인 작명이라 할 만하지 않은가! 가톨릭 수도원 이름으로는 딱인데.

순서로 말하면 라틴어보다는 그리스어가 먼저 등장해야 하는데 과연 그랬다. '자이(Xi)'가 그것이다. GS건설의 브랜드인 '자이'는 그리스 문자의 14번째 자인 '크시(Ξ)'의 영어명이며 동시에 영어 eXtra Intelligent 즉, 특별한 지성(知性)의 약어라고 건설사는 설명한다.

히브리어와 키릴어도 머지않아 쓰일 가능성이 있고 누구 말마따나 산스크리트어도 등장할지 모른다.

언제부터인가, 우리말 우리글은 외국어(글자) 앞에서 자신을 낮추게 되었고 저들은 중요하고 멋진 말과 글자로 대접받기 시작했다. 아파트 건설사들의 상품명이 온갖 외국어로 도배된 것은 건설사들이 그렇게 하고 싶어서라기보다는 그래야 시장에서 경쟁할 수 있기 때문이라고 봐야 한다. 사회 분위기가, 소비자의 인식이 그렇게 되어버렸으니까. 여기엔 경쟁이나 하듯 외국어를 많이 사용하는 정부와 관공서, 그리고 언론의 책임이 크다.

참고로, 외국어 본고장에서는 아파트 이름을 어떻게 짓고 있는지 구글(Google)을 통해 알아보았다.

◦ 뉴욕 : Shamco Apartments, The Buchanan, Riverton Square,

The Cole, The Aldyn, The Ashley, Yorkshire Towers, Lexington Towers, Manhattan Park, Beatrice

○ 시카고: Elevate, The Residences at New city, Regents Park, The Pavilion, Inspire West Town, Aurelien, Gi 18, The Streeter, The Montrose, Circa

○ 로스앤젤레스: ARQ, Kith-Kin, Zen Hollywood, The Landmark Los Angeles, Ferrante, THEA at Metropolis, The Q Playa, One Museum Square, Linea, The Arden, Vox

○ 홍콩: Curious Court, Hoover Tower, Novum West, Cactus Mansion, Richmond, Wai Suu Building, Windsor Court, Coastal Skyline, Cartwright Garden, Wilton Place

애국 동포 여러분! 부끄럽지 않은가요?

대기업들이 상품명에서 현대와 고전을 아우르는 박식과 고급하고 세련된 감각을 자랑하는 동안, 우리의 친애하는 서민 대중들은 친근하고 소박하고 쉬운 우리말을 찾아내 다듬느라 애를 쓰고 있다. 강원도 동해시하고도 묵호라는 옛 읍지역의 시골 사람들은 상호를 어떻게 짓는지를 다음(Daum) 지도를 통해 살펴보았다.

∘ 민박, 펜션 : 물보라, 시골풍경, 어쩌다, 동해를그리다, 바다, 해
  돋이, 참새, 해당화피는아침, 해오름, 금빛바다, 해송, 초록, 해
  맞이, 한솔, 시골집, 외할머니, 이레, 그해여름, 달콤, 정다운, 바
  다정원, 너랑온, 청실홍실, 금빛바다, 파란, 은빛, 물보라, 빨강
  지붕, 동쪽하늘, 등대불빛아래, 창넓은, 등대오름길

∘ 음식점, 상점 : 거북이횟집, 바다내음나들가게, 부담없는횟집,
  진모래횟집, 참바다횟집, 제비식당, 틈새김밥, 까치식당, 장터
  생선구이, 가마솥옛강정, 시골밥상, 본전식당, 붉은언덕포차,
  옛고을추어탕, 활어장군, 소풍가는날, 더꼬치다, 옛날냄비우동,
  엄마손도시락, 천하회식당, 코보집, 작은마을, 오복슈퍼, 하나
  슈퍼, 무지개화원

∘ 의원, 약국 : 올바른의원, 작은나무한의원, 정다운치과, 동해물
  약국

아파트 두 층 위에 사는 할머니가 침을 맞으러 '작은나무한의원'
에 간 길에 물었다고 한다.

"큰나무라고 하지 왜 작은나무라고 했어요?"

젊은 한의사가 대답했다.

"큰나무는 감당이 안 돼서요."

  이 겸손함이 울림이 되어 마음에 닿았다. '머스트 해브 아이템'이
나 '첼리투스', '오티에르' 따위의 현학 가식과는 너무도 대비되어서
다.

중국 조선어의 어두운 미래

　중국 조선어의 미래에 대한 어두운 전망이 나오고 있다. 중국 조선어란 다들 아시다시피 중국의 55개 소수민족 중 하나인 조선족이 쓰고 있는 언어로서, "여러 민족은 자기의 말과 글을 사용하고 발전시킬 자유와 자기의 풍속과 습관을 보존 또는 개척할 자유를 가진다"라는 이 나라 헌법 제4조 규정에 따라 교육과 보급이 장려되어 왔다. 그런데 이 "… 왔다"가 "… 왔었다"로 바뀌어야 할 형편에 놓이게 된 것이다. 여기엔 크게 두 가지 사정이 있다.

　첫째, 2020년 10월 중국공산당 19기 5중전회에서 국가 공용어와 문자 보급을 강화하기로 했고 이에 따라 일부 지역에서부터 (국가 공용어와 문자로 편찬된) 통합교과서를 사용하기 시작했다. 국가 공용어는 보통화(普通話), 문자는 간체(簡體) 한자를 말한다. 표준 한어인 북경어를 보통화라고 하는데 현재 전체 인구의 60%인 보급률을

2025년까지 85%로 끌어올리고 2035년에는 100%를 달성한다는 계획이다.

통합교과서 사용은 소수민족 언어에 치명적 결과를 초래한다. 중국은 대학입시(가오카오, 高考) 경쟁이 한국보다 훨씬 치열한 나라여서 소수민족 언어로 치르던 시험이 사라지면(가산점도 차차 폐지되리라고 함) 한어와 한자 공부에만 매달리지 않을 수 없게 된다.

둘째, 현재 170만 명에 불과한 조선족의 숫자('2020년 중국 인구 총조사 결과'에 따르면, 조선족 인구는 55개 소수민족 중 15번째)가 지속적으로 줄어들고 있다. 출산율이 감소하는 데다 일자리를 찾아 베이징, 상하이 같은 대도시로 떠나는 젊은이들이 늘어나고 있기 때문이다. 이들은 정착하면 한족과 결혼(같은 조선족 여성을 찾을 수 없다고 함)하고 이에 따라 조선어 사용은 당대에 끊기거나 2세부터는 완전히 자취를 감추게 된다.

지나친 생각인지는 모르겠지만 중국 조선어의 미래를 미국 원주민인 나바호(Navajo, Navaho)의 현실에서 찾아볼 수 있지 않을까 한다. 나바호어는 미국에서 명맥을 유지하고 있는 몇 안 되는 원주민 언어 중 하나다.

애리조나, 뉴멕시코, 유타, 콜로라도에 분포한 나바호족은 2021년 기준 33만 명이고 이 가운데 나바호어를 사용하는 사람은 17만 명 (2015년 통계)이다. 나바호족의 약 절반은 이미 나바호어를 쓰지 않고 있다는 의미다.

나바호어를 보존 승계 발전시키려는 노력을 기울이고 있는 나바호족 부족연합(Navajo Nation)은 애리조나와 뉴멕시코 경계에 있는 보호구역에 8학년짜리 나바호어 집중교육 학교를 운영하고 있다. 이 학교에는 나바호어 교사 13명과 영어 교사 5명이 있는데 유치원을 포함해 2학년까지는 나바호어만을 가르치고 3학년부터는 일부 과목만을 영어로, 나머지 대부분은 나바호어로 수업한다.

8학년 과정을 마치고 상급학교에 진학한 이후에 관해서는 자료가 없어 알 수 없으나 특별한 언급이 없는 점으로 미루어 나바호어는 더 이상 학교나 일반 미국인(비원주민) 사회에 발붙이지 못하는 것으로 보아야 할 것이다.

현재 중국에는 옌볜(延邊)조선족자치주가 있는 지린성(吉林省)을 비롯한 동북 3성에 조선족 학교가 2백여 곳(과거에 비하면 크게 감소)이나 있어 초등교육에는 별문제가 없어 보인다. 그러나 대학입시를 준비하는 중등교육이 베이징 한어와 한자로만 이뤄진다면, 그리고 젊은이들의 이향이 가속화된다면 조선어의 쇠미는 불을 보듯 뻔하다. 나바호어의 슬픔이 남의 사정만은 아니라는 이야기다.

우리가 팔짱만 끼고 지켜볼 뿐 아무것도 할 수 없다는 사실이 어쩌면 더 슬픈 일인지도 모른다.

베이징대학 이모저모

특히 대학입시와 관련해서 중국 소수민족인 조선족이 쓰는 조선
어의 밝지 않은 장래를 이야기하다 보니 중국이라는 무지막지하게
덩치 큰 나라의 고등교육을 대표하는 베이징대학(北京大學)에 관심
이 부쩍 생겨 자료를 뒤져보았다. 이 관심의 바닥에는 '그러면 서울
대는?'이라는 비교심리가 깔려 있었다.

베이징대학의 뿌리는 1898년 창립된 경사대학당(京師大學堂)으
로, 신해혁명 후인 1912년 현재의 이름으로 바뀌었다. 1895년 설립
된 한성사범학교에 연원을 둔 서울대가 1924년 설립된 경성제국대
학을 모태로 하고 있다는 사실과 통하는 바가 있다.

베이징대학의 영어명은 Peking University로, 베이징을 Beijing이
아니고 청말(淸末) 냄새를 풍기는 Peking이라고 표기한 것이 흥미롭

다. 이것은 설립 당시의 일반적인 한어 발음과 영어명이 그와 같았고 이 이름이 세계적으로 널리 알려졌기 때문일 것이다. '북경원인(北京猿人)'도 Beijing man이라고 하지 않고 Peking man이라고 한다.

중국은 한국(남한)에 비해 면적은 약 90배, 인구는 약 27배에 이르고 대학(4년제) 수는 10배가 조금 넘는다. 2022년 1월 25일 중국 교우회망(中國校友會網)이 발표한 '2022中國大學 排名 800强' 명단에 따르면, 1위 北京大學, 2위 清華大學, 3위 上海交通大學이고 浙江大学, 武漢大學, 南京大學, 復旦大學, 中國科學技術大學, 華中科技大學, 中國人民大學, 天津大學이 4위(동점)를 차지한다.

중국의 대학 총수는 2021년 기준 2,756개교다. 인구 대 대학 비례로만 따져도 입시 경쟁이 한국보다 두세 배는 치열할 테지만 특히 베이징대학과 이에 어깨를 나란히 하는 칭화(清華)대학의 경우는 상상을 초월하는 모양이다.

중국인은 전통적으로 입신양명을 삶의 최고의 가치로 꼽는다(한국인은 다르다고 하기 어렵다). 따라서 14억2천만(2020년 통계) 중국인의 선망의 시선이 최고의 대학에 쏠리는 것은 지극히 당연한 현상이라고 하겠다. 北大와 清大에 입학하는 것만으로도 영광이요 졸업은 출세 코스에 들어서는 것이라는 인식, 이것이 극심한 경쟁의 이유임을 쉽게 알 수 있다.

베이징대학에는 다음과 같은 학부(단과대학)와 이에 소속된 원(院) 또는 계(系) 등이 있다.

- 이학부

수학과학학원, 물리학원, 화학-분자공정학원, 생명과학학원, 도시-환경학원, 지구-공간과학학원, 심리-인지과학학원 등

- 신식(信息, 정보)-공정(工程)과학부

신식과학기술학원, 전자학원, 계산기(컴퓨터)학원, 집성전로(電路)학원, 지능학원, 공학원, 미전자(微電子)학원, 환경과학-공정학원, 재료과학-공정학원, 미래기술학원 등

- 인문학부

중국어언문학계, 역사학계, 고고문박(文博)학원, 철학계(종교학계), 외국어학원, 예술학원, 대외한어교육학원, 가극연구원

- 사회과학학부

국제관계학원, 법학원, 신식관리계, 사회학계, 정부관리학원, 馬克思(마르크스)주의학원, 교육학원, 신문-전파(傳播, 방송)학원, 체육교육연구부

- 경제-관리학부

경제학원, 광화(光貨)관리학원, 인구연구소, 국가발전연구원

• 의학부

기초의학원, 공공위생학원, 의학인문학원, 의학계속교육학원, 호리(護理,
간호)학원

이상의 학부 외에 각 학과의 교육 과정이 설치되어 있다.

위에서 특히 눈에 띄는 것이 가극연구원과 체육교육연구부인데
이는 전통예술의 보존 발전과 스포츠를 통한 이른바 '국위선양'이 주
요 국가정책임을 말해준다.

베이징대학의 규모는 가히 공룡급이다(칭화대학도 비슷함). 2019
년 12월 통계에 따르면, 재학생 수는 45,974명(공산당원 13,658명,
소수민족 3,700명)이고 교수는 12,724명이다.

서울대도 만만치 않아서 재학생 수가 27,924명(학부생은 16,045
명)이고 교수는 조교수 이상이 2,141명이며 명예교수, 초빙교수, 객
원교수, 강사 등을 모두 합치면 5,410명이나 된다(2021년 4월 기준).

양으로 보면 그렇다 치고 학문의 질로는 어떨까? 이 점이 몹시 궁
금하다.

앨리스(Alice) 여사의 마지막 기억

음운론. 한자로 적으면 音韻論, 영어로는 Phonology.

60여 년 전에 대충 배우고는 평생 남남이 된 이 어려운 학문을 엉뚱하게도 최근 넷플릭스(Netflix)의 미국 영화에서 접하고는 그래도 구면이라고 반가웠다. 하지만 반가움은 잠깐이었다. 〈스틸 앨리스(Still Alice)〉라는 제명의 영화인데 그 내용이 심각하고 딱하고, 남의 일만 같지 않아서다.

앨리스 하울랜드(Alice Howland)는 컬럼비아대에서 음운론과 음성학을 가르치는 언어학자로, 물리학자인 남편 존 하울랜드(John Howland) 및 장성한 세 자녀와 함께 50번째 생일을 축하한다.

강의 도중 할 말을 잊어버리고 캠퍼스에서 조깅하다가 길을 잃은 후 그녀는 병원에서 유전성 조발(早發) 알츠하이머 환자라는 진단을 받는다. 앨리스의 맏딸 애나(Anna)와 아들 톰(Tom)은 유전자 검사를 받고 배우 지망생인 막내딸 리디아(Lydia)는 거부한다.

앨리스는 소실되어 가는 기억을 살리려고 온갖 방법을 다 동원하지만 증상은 계속 악화되고 교수직도 그만둔다. 처음엔 병이 무서웠고, 나중엔 인지 능력을 잃었기에 그런 느낌마저 사라진다.

집에서 화장실을 찾지 못해 옷에 실례하는가 하면(미국 중산층의 주택이 크긴 하다), 리디아가 출연한 아마추어 극단의 공연을 본 뒤에도 리디아를 알아보지 못한다. 이 같은 사태를 예견하고 준비해 둔 자살용 약을 먹으려 했지만 리디아가 갑자기 찾아오는 바람에 미수에 그친다.

리디아는 연극 대본을 읽어주고 소감을 묻는다.

"엄마, 이 작품에서 생각나는 게 뭐야?"

한동안 침묵하던 앨리스가 입을 연다.

"러브(Love)."

가족에 대한 사랑이 그녀가 간신히 되살려 낸 마지막 말이자 감정이었다. 영화는 이렇게 막을 내린다.

신경과학자 리사 제노바(Lisa Genova)가 알츠하이머 환자인 자신의 할머니를 모델 삼아 써서 2007년 출간한 소설을 7년 뒤 약 500만 달러를 들여 만든 이 영화는 흥행에 크게 성공해서 그 10배를 벌어들였을 뿐 아니라 각종 영화제에서 여우주연상(Julianne Moore)을 휩쓸다시피 한다.

이 영화가 이토록 성공할 수 있었던 요인은 뛰어난 작품성에 있겠지만 지나쳐서는 안 될 사실이 하나 있다. 알츠하이머를 포함한 치매에 대한 일반적인 공포감이다. 앞에서 말했듯이 '남의 일만 같지 않아서'다. 내친김에 치매와 알츠하이머에 대해서 자세하게 알아보기로 하자.

조나단 그래프-래드포드(Jonathan Graff-Radford, MD)는 이렇게 설명한다(구글 참고).

치매는 특정한 질병이 아니다. 광범위한 증상을 설명하는 포괄적인 용어다. 치매의 일반적인 증상은 다음과 같다.
*기억력 감퇴 *사고력의 변화 *판단력과 추리력 부족 *집중력과 주의력 감소 *언어의 변화 *행동의 변화

알츠하이머는 치매의 가장 흔한 유형이지만 유일한 것은 아니다. 치매에는 다음과 같은 다양한 유형과 원인이 있다.

*레비소체 치매 *전측두엽 치매 *혈관성 치매 *변연계 우세 연령 관련 TDP-43 뇌병증 *만성 외상성 뇌병증 *파킨슨병 치매 *크로이츠펠트-야콥병 *헌팅턴 병 *혼합 치매

치매가 무서운 것은 언제 찾아올지 알 수 없는 데다 딱히 치료할 방법이 없기 때문이다. 우리나라의 65세 이상 노인의 약 10%가 치매 환자라고 한다. 나이가 많아질수록 그 비율이 올라간다고 하니 80대에 접어들면 20%쯤은 되지 않을까?

두렵다고 말하지 않으면 거짓이다.

켈트어와 아일랜드 민요

한 시대엔 중부 유럽을 호령했으나 이젠 아일랜드(전역)와 스코틀랜드(일부 지역) 등지에 박혀 사는 켈트족(Celtic)과 동양 하고도 극동의 은자(隱者)로 살아온 한민족은 수천 년 동안 아무런 인적, 물적 접촉 없이 지내왔다. 그러던 중에 일제 치하에서 아일랜드 민요가 교과서에 소개됨으로써 문화적인 첫 만남이 이루어졌는데 아직은 반쪽짜리였다. 저쪽에서는 만났다는 사실을 모르고 있었을 테니까.

경위야 어찌 되었든 아일랜드 민요는 오늘날 한국인이 가장 사랑하는 외국 노래로 자리 잡았다. 선율이 아름답고 쉬우며 친근한 느낌을 주어서다. 특히 이 '친근한 느낌'은 다른 나라의 명곡들에서는, 아무리 주옥같다고 해도, 찾기 어렵다. 민족적인 정서가 서로 통한다는 말은 그래서 나온다.

아일랜드는 오랫동안 영국의 지배를 받았고 그러는 동안 이 나라의 착한 민초들은 가난에 시달리고 굶주리다가 살길을 찾아 신세계 미국으로 대거 이주했다. 수중에 가진 것 별로 없이 낯선 대륙에 갔으니 그 삶이 얼마나 신산했을까? 젊은 남자는 노동력을 팔았겠지만 젊은 여자는…?

리암 오플래허티(Liam O'Flaherty)의 단편소설 《편지(The Letter)》는 아일랜드의 한 농부가 미국으로 건너간 딸의 편지를 받고 몰래 우는 장면으로 끝을 맺는다. 아버지, 저는 잘 있으니 걱정하지 마세요. 하지만 농부는 그녀가 '잘 있'지 못하다는 소문을 이미 들었다. 가난과 가난에서 비롯된 온갖 비극은 지난날의 한국(조선 포함)과 아일랜드의 공통분모였다.

조수미가 불러 잘 알려진 ⟨I Dreamt I Dwelt In Marble Halls⟩는 어느 오페라에 나오는 노래인데 가사는 바꿔 붙였겠지만 멜로디는 아일랜드 민요에서 가져왔다. 슬픔을 숙명처럼 간직한 민족에게서 어떻게 이런 천상의 노래 같은 선율이 나올 수 있었을까?

사이먼 앤 가펑클이 부른 히트송 ⟨Scaborough Fair⟩(한국의 동해시 북평장과 같은 곳)는 영국 민요와 아일랜드 민요 양설이 있는데 스카버러라는 도시가 북해 연안에 있음으로 미루어 영국 민요일 가능성이 크다.

아일랜드 민요의 '간판스타'는 〈Londonderry Air〉(미국 작곡가 프레드릭 웨더리가 수집해서 붙인 제목)로 널리 알려진 〈대니 보이 (Danny Boy)〉라는 데 이견을 가진 이는 별로 없을 것이다.

Oh Danny boy, the pipes, the pipes are calling
From glen to glen, and down the mountain side
The summer's gone, and all the flowers are falling
'Tis you, 'tis you must go and I must bide.

매우 궁금한 것이 있다. 게일어(Gaelic: 아일랜드에서 쓰이는 켈트 어)로 된 원래의 가사다. 켈틱 우먼의 노래를 들으면 대부분은 영어 로 부르다가 간혹 켈트어를 섞는데 무슨 소리를 하는 것인지 도무지 알아들을 수 없다. 도대체 켈트어는 어떻게 생겼을까?

다음은 또 하나의 유명한 아일랜드 민요인 〈The Sally Gardens〉(원 어 제목은 Na Gairdíní Sailí)의 첫 연이다.

Ba thíos sna gairdíní sailí
A bhuaileas-sa le mo ghrá -
A folt mar bhláth na heornan
Is a chos mar shneachta bán.
"Glac bog an grá," a dúirt sí liom

'S muid ag suí faoi scáth na gcrann;
Ach níor thugas-sa cead a cinn di
Mar do bhíos-sa dall im' cheann.

영어 가사와 비교해 보면 켈트어가 우리에게 얼마나 생소한 언어인지가 잘 나타난다.

It was down by the Sally Gardens,
My love and I did meet.
She crossed the Sally Gardens
With little snow-white feet.
She bid me take love easy,
As the leaves grow on the tree,
But I was young and foolish,
And with her did not agree.

토머스 무어가 구전되는 가락에 시를 붙인 〈The Last Rose of Summer〉에 관해서는 전에 언급한 바 있어 생략한다.

스코틀랜드에서는 켈트어가 소멸 단계에 놓였고 아일랜드에서조차 영어의 위세에 눌리고 있다고 한다. 불쌍하다.

이에 비하면 세계 유수의 경제 대국으로 성장한 대한민국 국민과 '군사 대국' 북한 주민, 그리고 지구촌 곳곳 살지 않는 데가 없는 교민을 합쳐 8천여만 명이 당당하게 말하고 쓰는 한국어는 얼마나 행복한 존재인가!

푸틴·뿌찐·Putin, 원지음 표기의 이상과 현실

    이웃 약소국 우크라이나를 침략해서 해를 넘기며 살상과 파괴를 계속하고 있는 강대국 러시아의 대통령, 이마를 바늘로 찔러도 진물 한 방울 안 나오게 생긴, 나이 칠십을 넘겼어도 왕년의 음습한 비밀경찰 인상이 약여한 자의 이름을 우리는 블라디미르 푸틴, 북한에서는 울라지미르 뿌찐이라 적고 부른다. 각자 나름의 외래어표기법에 따른 것으로, 키릴문자로 적으면 Владимир Путин이다.

    우리의 표기법은 원지음 표기를 대원칙으로 한다. 그 나라 말(단어, 고유명사 등)은 그 나라 말의 소리로 적는다는 것이다. 언뜻 보기에도 수긍되는 당연한 원칙이라고 할 수 있는데 문제는 그 원지음이라는 것이 워낙 복잡 다양 미묘해서 과연 이들을 일일이 표기에 반영하고 있느냐, 반영할 수 있느냐는 것이다.

Putin의 경우를 보면 원지음과는 거리가 멀다. 결론부터 말하면 '푸틴'은 터무니없는 것이고 '뿌찐'이 근사치다. 왜 이런 결과가 생겼을까?

여기엔 두 가지 큰 이유가 있다. 첫째, 러시아어 [k/p/t]는 무기음인데 표기법에서는 일률적으로 유기음인 [ㅋ/ㅍ/ㅌ]로만 적도록 했다. 그리고 둘째, 러시아어에서는 [d/t] 등의 자음이 [e/i/ja] 등을 만나면 구개음화하는데 표기법은 이 같은 현상을 반영하지 못하고 있다.

이 [k/p/t]의 표기 문제는 영어와 독일어 등 일부를 제외한 다수 언어 표기에 큰 영향을 끼쳐서, 앞서 예로 든 러시아어를 포함한 슬라브 제어와 로망스어들이 피해(!)를 보고 있다. 폴란드어, 체코어, 세르비아어 등이 전자에 속하고 이탈리아어, 스페인어, 포르투갈어, 프랑스어와 루마니아어가 후자에 포함된다.

좀 묵은 이야기인데 어느 유력지의 주불(駐佛) 특파원이 귀국한 후 Marseille의 표기에 대해 "마르세유가 뭐냐? 현지에서는 막세이라고 한다"라며 교과서의 표기를 작심하고 비판해 파문을 일으킨 적이 있다. 표기법상 Marseille는 마르세이가 되어야 하지만 관용을 존중한다는 또 하나의 원칙에 따라 마르세유가 된 것인데 그는 이 원칙을 몰랐거나 이해하지 못했고(이해하지 않으려 했을 수도 있다), 표기는 국제음성기호와 한글 자모 대조표에 따른다는 규정을 무시하고 자신의 귀에 들리는 소리를 기준으로 삼았다는 반론이 나왔다.

그의 주장은 외래어 표기법과 이에 따른 표기에 대한 많은 이들의 불만의 일단을 보여준 사례가 아닌가 한다. 각자 나름의 외국어 지식과 경험에 입각한 불만이므로 이론상으로나 실제 발음으로 보나 그르다고 할 수만은 없다.

지구상에는 4천~5천여 종의 언어가 있는데 학자들은 이들을 18개 어족으로 나누어 묶는다(《세계 주요 언어》, 변광수 편저, 외국어대, 1993). 각 어족은 다시 하위의 여러 어군으로 나뉜다. 이렇게 많은 언어들에는 각자 적게는 수십만에서 많게는 수백만 개나 되는 단어가 있고 여기에다 매일같이 새로운 단어들이 보태진다. 인명과 지명은 또 어떤가? 밤하늘의 별처럼 그 수효를 헤아리기 어렵다. 이들 중에서 시시각각 우리나라에 전해지는 것들이 바로 표기법의 대상이 되는 외래어이니, 외래어 표기법은 이런 법이 가능할까 싶을 만큼 실로 어마어마한 것이고 그만큼 문제투성이일 수밖에 없다.

세계가 좁아져 지구 반대편의 사건이 거의 같은 시각에 우리나라에 전해지고 항공기로 최장 열한두 시간이면 지구 구석구석까지 갈 수 있게 된 급격한 시대 상황의 변화와 여러 외국어 학습·해득자의 가파른 증가는 외래어를 받아들이는 태도에 커다란 변화를 가져오고 있는데 그런 변화 중 하나가 표기법에 대한 불만이다. 각 언어의 발음 현실을 제대로 반영하지 못하고 있다는 것이다. 예를 들면 폴란드어를 배우거나 폴란드에 다녀온 사람들은 '폴란드'가 도대체 어느 나라 말이냐고 따질 가능성이 있다(있는 정도가 아니라 크다). 이들이 새로 알게 된 이 나라 이름은 '뽈스까(Polska)'이니 그동안 사기(?)를 당해왔다는 기분이 들지 않았으면 다행이다.

누구나 만족하고 이의가 없을 외래어 표기법이 나올 수 있을까? 한마디로 잘라 대답하면, 없다. 그 까닭은 셀 수 없이 많을 텐데 그 첫째가 한글이 아무리 우수한 문자라고 하지만 세상의 모든 소리를 다 나타낼 수는 없다는 것이다.

Putin이 푸틴이든 뿌찐이든 전쟁을 하루 속히 끝내기를 바란다. 우크라이나의 첫 1년간 피해는 사망자 최소 42,295명, 부상 최소 54,132명, 실향민 약 1,400만 명, 파괴된 건물 최소 140,000채, 재산 손실 약 3,500억 달러다(로이터 통신 집계). 이런 참극이 있나!

추위

　설 연휴 마지막 날, 북극에서 찬 공기가 밀려 내려와 전국을 꽁꽁 얼어붙게 했다. 겨울 추위는 당연하고 필요한 것이기도 하지만 난방비를 걱정해야 하는 서민들로서는 반가울 수가 없다. 그렇지 않아도 갑절이나 오른 이달치 고지서가 체감온도를 뚝 떨어뜨리고 있는 터다.

　날씨, 추위와 더위는 생활인의 큰 관심사다. 한서에 영향을 별로 받지 않는 부자들은 논외로 하고 하는 이야기다. 그래서 사람들은 신문, 라디오, TV의 날씨 뉴스를 반드시 챙기고, 매스 미디어의 총아인 TV는 이 기회를 놓칠세라 예쁘고 젊은 여성 기상캐스터를 내세워 방송국의 수입(바꿔 말하면 사활)을 좌우하는 시청률을 끌어올리려고 애쓴다.

북극의 찬 공기 말고도 한반도를 냉동고로 만드는, 일반인은 잘 모르는 중요한 기상현상이 존재하고, 이것 때문에 만주라 불리던 중국의 동북3성 일대와 한반도가 같은 위도상의 다른 곳보다 더 춥다고 한다.

　한반도 북쪽, 중국의 동북3성은 기나긴 흑룡강(黑龍江: 헤이룽장, Amur강, 지류 포함 길이 4,444km)으로 러시아와 경계를 이룬다. 이 강 북쪽과 동쪽의 광대한 시베리아 지역은 행정상으로 러시아 연방의 극동관구에 속한다. 이 관구는 인도보다도 넓은, 시간대가 3개나 되는 세계 최대의 행정구역으로 알려져 있다.

　이 관구에는 사하(Sakha) 공화국과 8개의 자치주(Oblast)가 있다. 관구의 태반을 차지하는 사하 공화국은 야쿠티아(Yakutia) 또는 야쿠티야(Yakutiya)라고도 하는데 야쿠트족의 나라라는 뜻으로, 야쿠트족 외에도 우리 동포 즉, 코리안 등 여러 종족이 살고 있다. 면적은 308만km^{2}나 되는 데 비해 인구는 고작 995,686명(2021년 센서스)이다. 수도는 야쿠츠크(Yakutsk).

　야쿠티아는 악명 높은 스탈린 통치 시대엔 죄수 유형지, 오늘날에는 금, 다이아몬드와 희귀금속 산지로 유명하다. 야쿠츠크(인구 31만 명)에서 675km 떨어진 베르호얀스크(Verkhoyansk)라는 인구 1천여 명의 작은 고장은 세계 최저기온(섭씨 영하 67.8도)을 기록한 곳으로 우리나라 교과서에까지 그 이름을 올렸다.

그런데 알고 보면 사하 공화국의 다른 지역도 베르호얀스크에 못 지않게 추워서 야쿠츠크가 영하 67도를 기록한 적이 있다고 한다. 가 정용 냉장고의 냉동칸이 영하 20도이니, 도대체 이런 혹심한 추위를 미생물이라면 몰라도 고등동물인 인간이 어떻게 견뎌내는지 놀라울 뿐이다.

한반도는 자신의 면적의 15배나 되는 압도적 크기의 야쿠티아라 는 거대한 한기 덩어리를 머리에 이고 있다. 이 한기가 때때로 남하 해서 아무르 강을 넘고 옛 만주 벌판을 지나 압록강과 두만강을 건넌 다. 한반도를 냉동고로 만드는 또 하나의 요인이 바로 이것이다.

만약에 한반도가 북극이나 야쿠티아의 기단의 영향을 받지 않는 다면 어떻게 될까? 덜 추운 겨울을 나게 되었다고 좋아해야 할까?

한반도는 지구의 역사 중 어느 시기에 해수면이 높아져 생성되었 다. 그렇지 않았더라면 지금의 중국과 이어져 있을 것이다. 그런데 누구나 알고 있다시피 이 해수면의 상승 현상이 지구 온난화의 영향 으로 다시 진행 중이다.

그린피스의 시뮬레이션(2021년)에 따르면, 당장 2030년에 부산

북항과 광안리 일부가 침수되기 시작한다. 국토가 가뜩이나 좁은 터에 해안지대, 더욱이 산업, 경제, 행정, 사회의 핵심시설이 몰려 있는 지역이 바닷물에 잠긴다면? 상상만 해도 끔찍한 노릇이다. 백 년 후가 될지 더 앞당겨질지 모르지만 그다지 머지않은 미래에 서울에도 바닷물이 한강을 역류해서 밀려들 가능성이 충분히 있다.

이때쯤이면 서울, 경기, 충남 등 중부서해안권 주민들은 안전하게 살 곳을 찾아 영월, 정선, 태백, 평창, 인제, 양구 등 강원도 고지대로 몰리고 이에 따라 강원도는 대한민국의 심장부로 다시 태어나게 된다. 강원도 만세다. 존경하는 동문 제위께서도 후손을 위해 일찌감치 이 지역에 터를 잡아두시기를 권한다.

야쿠티아의 추위가 지구적인 현상인 온난화를 저지하는 데 얼마나 큰 구실을 할지 의문이 들기는 하지만 다소라도 보탬이 되리라고 본다. 그러므로 우리는 생면부지의 나라 야쿠티아에 감사해도 좋을 것이다.

한반도의 겨울은 '국토 보전' 차원에서라도 추워야 한다. 서민들은 나기가 힘겹겠지만 어쩌겠는가. 내의 한 벌 더 껴입고 양말 한 켤레 덧신으면서 견딜 수밖에.

바닷물이 차오른다

　지난주 설 연휴 마지막 날(2022년 1월 24일) 한반도의 해수면 상승을 걱정하는 글을 썼는데 그로부터 불과 사흘 후인 1월 27일자 한국일보가 서해와 남해 일부 지역의 예사롭지 않은 침수 실태를 보도해서 관심을 끌었다.

　이 신문이 유인도서가 있는 기초지자체 41곳에 정보 공개를 청구한 결과 전북 부안군 위도, 인천시 옹진군, 전남 목포시, 제주 서귀포시에서 최근 5년 사이에 해수면 상승을 이유로 방파제 보강공사를 했음이 밝혀졌다. 목포시의 경우 2021~2022년에 고하도 선착장 방파제를 30~90cm 높였는데도 다음 달(2월)에 다시 50cm 높이는 공사를 할 예정이다.

　한국일보는 이틀 후인 1월 29일자에서 다시 해수면 상승 관련 기사를 내보냈다. 진해기지사령부를 비롯한 전국 7개 주요 해군시설 중 3곳이 2100년이면 항만 및 육상시설 침수로 운영할 수 없게 되리라는 내용이다.

국립해양조사원에 따르면, 우리나라 전 연안의 평균 해수면은 지난 30년간 9.1cm 높아졌을 뿐 아니라 그 속도가 빨라지는 추세여서 2100년엔 최대 73cm 높아질 것으로 보인다. 그런데 이것은 그린피스의 예측에 비하면 아주 낙관적인 것이다.

그린피스가 과학저널《네이처 커뮤니케이션스》에 실린 자료를 입수해서 분석한 결과, 우리나라는 2030년까지 국토의 5% 이상이 바닷물에 잠기리라는 충격적인 결과가 나왔다. 이 단체의 성격상 수치를 다소 과장했을지는 모르지만 그렇다고 해서 바닷물이 차오르고 있다는 사실이 바뀌는 것은 아니다.

해수면 상승은 전 지구적인 현상이므로 바다를 낀 나라라면 비상한 관심을 갖지 않을 수 없을 것이다. 미국 항공우주국의 제트추진연구소에 따르면, 이 나라 연안의 해수면이 2020~2050년 사이에 약 30cm 상승하는데 이는 그 이전 100년간의 상승 속도를 뛰어넘는 것이다. 이에 따라 2100년엔 최소 30 + 30 × 2 = 90cm나 상승한다는 계산이 나온다.

중국의 경우, 2021년 저장성(浙江省) 해양과학원과 자연자원부 제2해양연구소가 공동으로 연구 분석한 결과, 이 성의 해수면이 21세기 들어 첫 10년간 52cm 상승했음이 밝혀졌다. 이전에 비하면 상승 속도가 훨씬 빨라졌다는 점에서 문제가 더욱 심각해진다.

해수면 상승의 원인은 지구 온난화에 따른 해수의 열팽창 및 산악 빙하나 남극과 그린란드의 '빙상(氷床, Ice sheet)'의 융해다. 이 가운데서도 더 위협적인 존재는 남극과 그린란드(Greenland)의 빙상이고, 특히 그린란드는 우리나라와 같은 북반구에 있기 때문에 더 주목의 대상이 되고 있다.

남극이야 사람이 살지 않는(과학자 등 일시적 거주자는 빼고) 얼음의 대륙이니 그렇다 치고, 사람이 오래전부터 살고 있는 그린란드는 어떤 곳이기에 해수면 상승의 원흉으로 꼽힐까?

그린란드는 세계에서 가장 큰 섬(한반도의 약 10배)으로, 캐나다의 북동부에 인접한 대서양에 있고 섬의 태반이 북극권에 속한다. 덴마크의 자치령이고 이 나라 말로는 그뢴란(Grönland)이다. 인구는 56,770명(2020년 추계), 수도는 누쿠(Nuku). 바닷가를 제외한 지역(전체의 85%)이 빙상 즉, 수 km 두께의 얼음으로 덮여 있다.

빙상은 대륙빙하라고도 불린다. 얼음덩어리인데도 하(河)라는 이름이 붙은 것은 얼음의 표면이 높은 데서 낮은 데로 움직이기 때문이다. 빙상의 개념엔 빙붕(氷棚, Ice shelf)도 포함된다.

2021년 7월 25~27일 사흘간 그린란드의 빙상이 이상고온의 영향으로 184억 톤이나 녹아내렸다. 녹은 물은 한반도 넓이의 평지를 거의 10cm 깊이로 잠기게 할 수 있는 양이다. 하지만 이것은 2019년의 5,320억 톤에 비하면 약과다. 기후학자들은 그린란드의 얼음이 모두 녹을 경우 전 세계의 해수면이 6m 이상 높아져 해안의 주요 도시들이 바닷물에 잠길 것으로 예측한다. 한국도 예외가 아님은 말할 것도 없다.

극한의 섬 그린란드의 토박이 주민은 흔히 에스키모(Eskimo: 날고기를 먹는 사람)로 잘 알려진 이누이트(Inuit: 사람)라는 몽골로이드로, 이들은 약 2천 년 전 동부 시베리아에서 베링해를 건너 오늘의 알래스카와 캐나다를 관통하면서 곳곳에 후손을 남겼다. 이누이트들은 에스키모라는 이름이 경멸적인 의미를 담았다는 이유로 사용하지 않는다. 이누이트 외에 아이슬란드의 바이킹족 일부가 일찍이 그린란드 해변에 터를 잡았다가 적응에 실패해서 철수했다고 한다.

불과 7년 후에 국토의 5%가 바닷물에 잠긴다는 그린피스의 예측이 맞는다면 지금부터라도 방조제 건설을 서둘러야 한다. 그러나 길게 보면 방조제로 해결될 문제가 아닌 것 같다. 강원도 고원지대로 삶터를 옮겨야 한다는 농반진반의 이야기는 그래서 나왔다.

공상과학 영화에서나 볼 법한 '지구 수몰'의 미래가 정말 오려는 지?

지구의 종말

　이 우주에 영원한 것은 없다. 우주 차원에서는 현미경을 들이대어야 볼 수 있는 우리은하의 태양계쯤이야 더 말할 나위가 있을까?

　태양은 내부에서 진행 중인 헬륨의 핵융합반응이 끝나면 우주공간에서 더 이상 활동하지 않는 백색왜성(白色矮星)이 되어 약 100억 년 동안 활동해 왔던 별로서의 일생을 마치게 된다(지질학자 최덕근 서울대 명예교수,《지구의 일생》참고).

　그 훨씬 전에 태양이 계속 팽창해서 처음에는 지구를 생명체가 살 수 없는 불모지로 만들고 그다음에는 아예 태워버린다. 남는 것은 까맣게 탄 암석 덩어리다. 현재까지 46억 년 동안 존재해 온 지구는 약 45억 년 후엔 그렇게 비장한, 아니 허무한 최후를 고한다. 인류는 어떻게 될까? 로켓을 타고 우주의 심연 어디론가 살 곳을 찾아 떠난다는 내용의 미국 영화가 상영된 적이 있으니 참고할 만하다.

그런데 어제오늘의 인간사는 지구의 앞날을 몇 억 년은커녕 하루 앞도 내다볼 수 없게 하고 있다. 지구의 물속과 지상과 공중에 사는 수많은 생명체 중에서 자칭 슬기로운 존재인 인간(Homo sapiens)이 실은 가장 문제투성이임은 유사 이래 끊임없이 확인된 사실이지만 자기네가 사는 아름다운 별까지 결딴내게 될 줄이야 누가 알았겠는가.

미국의 원자과학자회(1945년 창립)는 우크라이나 전쟁으로 가중되고 있는 위험을 이유로 '지구 종말 시계(Doomsday Clock)' 바늘을 자정 100초 전에서 90초 전으로 조정했다고 2023년 1월 24일자 회보에서 밝혔다. 미국과 소련이 핵무기 개발 경쟁을 시작한 1947년에 이 시계가 등장한 후 스물다섯 번째의 조정이다.

이 시계는 인간이 만든 위험한 과학기술이 우리가 사는 세상을 파괴하는 데 얼마나 근접하고 있는지를 세상 사람들에게 경고하기 위해 고안된 것으로, 이번에 이 시계의 바늘을 종말의 시각인 자정 쪽으로 움직이도록 한 것은 우크라이나 전쟁이다.

러시아는 서방이 우크라이나를 계속 지원하면, 그래서 러시아가 승리할 수 없게 되면 핵무기를 사용하지 않을 수 없다고 여러 차례나

협박했다. 최근에는 2023년 1월 22일 볼로딘 하원의장이, 그 며칠 전에는 메드베데프 국가안보회의 부의장이 그랬다. 푸틴의 충복인 메드베데프는 핵보유국이 재래식 전쟁에서 패배할 경우 핵전쟁이 촉발될 수 있다고 경고했다. 싸움에 지면 핵을 사용하겠다는 으름장이다. 러시아가 서방을 핵으로 공격하면 서방은 당연히 핵으로 반격할 것이다. 결국 "우리 다 함께 죽자"는 말이니, 그 광기에 등골이 오싹해질 지경이다.

우크라이나 전쟁은 러시아-이란-북한과 미국-NATO의 대결 양상으로 진행되고 있다. 미 정보당국에 따르면, 이란이 Fateh-110 미사일과 Zolfaghar 미사일을 러시아로 운송할 준비를 하고 있고 러시아의 용병인 바그너 그룹(Wagner Group)은 북한으로부터 보병용 로켓포와 미사일을 사들였다. 북한은 무기를 철도편으로 러시아에 보내고 있다는 의심을 산 지 꽤 되었다.

'정복자'라는 뜻인 Fateh-110은 단거리(사정 300km) 지대지 탄도미사일이고 Zolfaghar(Ali ibn Abi Talib의 劍: Ali는 7세기의 이슬람 칼리프)는 역시 탄도미사일인데 차량으로 이동하면서 발사할 수 있다. 미사일과는 별개로 이란이 제공한 무인기는 이미 수도 키이우(러시아어로는 '키예프')를 비롯한 우크라이나의 요지들을 공습 중이다.

푸틴의 요리사, 예브게니 프리고진(Yevgeny Prigozhin)이 창설한 용병회사인 바그너 그룹은 세계의 분쟁지역 여러 곳에서 악명을 떨쳤고 현재는 러시아의 감옥에서 꺼낸 중죄인들을 우크라이나 전쟁에 투입하고 있다. 이들이 북한제 로켓포와 미사일로 무장하면 우크라이나로서는 악몽이 될 것이다. 이들은 약물에 취했는지 총알을 맞고 쓰러졌다가도 좀비처럼 일어나 덤벼든다고 한다.

한편 한국은 우크라이나에 무기를 지원하라는 서방의 압력을 받고 있다. 현명하게 대처하지 않으면 전쟁의 수렁에 한쪽 발을 들이미는 결과를 초래할지도 모른다.

화불단행이라고, 핵무기에 이어 지구 온난화라는 저승사자가 버티고 서서 차례가 오기를 기다린다. 지금처럼 온난화에 가속이 붙는다면 파국은 불가피하리라는 것이 환경보호론자들의 주장이다.

최근에는 버스만 한 운석이 인공위성보다도 낮은 고도로 지구를 스쳐 지나갔는데 지구에 접근할 때까지 아무도 몰랐다고 한다. 작은 운석은 미사일을 쏴 맞혀 방향을 바꾸거나 핵으로 폭파할 수도 있다고 하지만 거대한 녀석이 돌진해 오면 속수무책으로 충돌할 수밖에 없다. 6천만 년 전에는 공룡이 전멸하는 정도로 끝났지만 다음번에도 그럴까?

언어와 문자,
우크라이나 전쟁의 또 하나의 얼굴

    언어학의 분류에 따르면, 슬라브어에는 동·서·남 3개 슬라브어가 있는데 우크라이나어는 벨라루스(백러시아)어, 러시아어와 함께 동슬라브어에 속한다. 이들 세 언어는 매우 비슷해서 교육을 웬만큼 받은 사람이면 알아듣고 말하는 데 큰 불편이 없을 정도라 일부에서는 세 언어를 하나의 언어로 보기도 한다. 즉, 우크라이나어와 벨라루스어는 러시아어의 방언이라는 것이다. 여기에는 특히 '대러시아' 건설을 꿈꾸는 정치가들의 '우리는 하나'라는 의식이 개재한다. 블라디미르 푸틴이 바로 그런 인물이다.

    푸틴은 더 나아가 숫제 우크라이나는 러시아땅이라고 말한다. 이것은 러시아로부터 자유로울 수 없었던 우크라이나의 복잡한 역사에 근거를 둔 주장이다. 언어도 같고 영토도 같다면 한 나라이지 두 나라일 수가 없다. 그래서 푸틴은 러시아를 큰집, 우크라이나는 작은집

쯤으로 여기는 모양이다.

1991년 소비에트사회주의공화국연방(소련)이 해체되자 자주독립국으로 다시 태어난 우크라이나는 경제적인 어려움 속에 2013년 11월 이른바 '유로마이단(Euromaidan: 유럽광장) 혁명'으로 무능한 친러시아 정권을 무너뜨리면서 서방 쪽으로 급격히 기울기 시작했고 마침내는 NATO 가입을 추진하기에 이르렀다.

한편 언어 문제에서 우크라이나는 자기네 언어가 러시아어의 방언이라는 시각을 일축하면서, 러시아어보다는 서슬라브어로 분류되는 폴란드어와 관계가 더 깊다고 주장한다. 우크라이나는 서쪽으로 폴란드와 맞닿아 있어서 교류가 잦고 많은 우크라이나인들이 폴란드 땅에 살기 때문에 두 나라 언어에는 같거나 비슷한 말이 많음이 사실이다.

혁명 후 우크라이나는 한 걸음 더 나아가 제2공용어법을 폐기함으로써 러시아어에 부여된 제2공용어의 지위를 박탈했다. 이것은 우크라이나 동부의 흑해 연안에 몰려 살고 있는, 러시아어가 모어인 러시아인을 직접적으로 겨냥한 정책으로, 자국 내의 러시아인뿐 아니라 러시아 본토의 러시아인을 크게 자극했다. 주로 우크라이나 남부에 살고 있는 루마니아인들도 루마니아어가 제2공용어 자격을 상실하는 바람에 타격을 받았지만 그 수효가 많지 않아 심각한 문제로 비화되지는 않았다. 좀 묵은 통계인데 2001년 센서스에 따르면, 우크라이나 국민 5,145만 명 가운데 러시아인은 22%인 833만 명이다.

새로운 정책이 시행되면서 먼저 공문서에서 러시아어가 사라졌고 동부지역의 러시아인 공무원들이 일자리를 잃어야 했다. 이어 몇 년 후에는 언론과 학교에서 러시아어가 자취를 감추었다. 러시아어로 쓰인 책에까지 제재가 가해졌다는 소식은 들리지 않지만 그렇게 하지 않더라도 장차 러시아 서적은 우크라이나 국민의 손에서 멀어지게 되어 있다. 그러나 당분간은 아니다. 우크라이나는 러시아에 비하면 문화 후진국이어서 교양인과 지식인들은 러시아 서적을 소장하고 읽는다. 아마도 특히 학문과 기술 등 전문분야는 앞으로도 오랫동안 러시아 서적에 의존해야 할 것이다.

우크라이나어와 러시아어에 쓰이는 문자는 어떤가. 양쪽 모두 키릴문자다(극히 부분적으로 차이가 남). 우크라이나에서는 그동안 폴란드어처럼 라틴문자를 채택하려는 강력한 움직임이 몇 차례 있었다. 그중 가장 최근의 것은 2021년 12월에 나온 국가안보국방위회의(NSDC) 서기 올렉시 다닐로프의 발언이다. 그는 "키릴문자를 라틴문자로 대체해야 하며, 이것이 수행되어야 할 근본적인 일 중 하나"라고 강조했다. 이보다 앞선 2018년에는 외무장관 파블로 클림킨이 같은 주장을 했는데 이들이 들고나온 명분은 '서구와의 통합'이었다. 우크라이나의 탈러시아 노력이 어느 정도인가를 웅변으로 말해주는 사실들이다.

전쟁 발발 1주년(2023년 2월 24일)을 앞두고, 러시아는 서방이 전쟁을 끝내는 방법으로 제시한 '한반도 시나리오'를 우크라이나 정부가 모색하고 있다고 주장했고, 이에 대해 우크라이나 고위 관리는 "우크라이나는 한국이 아니다"라고 반박했다고 외신이 전했다. 국토의 중심부에 자리 잡은 수도 키이우까지 한때 러시아군에 빼앗기면서 존망의 기로에 섰던 우크라이나로서는 러시아령이나 다름없는 동부 일부를 분할하는 것이 현명한 처사일지도 모른다.

우크라이나 전쟁의 이면에는 이처럼 언어와 문자 문제가 얽혀 있다. 전쟁의 역사에서 찾아보기 어려운 예일 것이다.

마리아(Maria)

2023년 2월, 동아일보와 채널A는 러시아의 우크라이나 침공 1년을 앞두고 볼로디미르 젤렌스키 우크라이나 대통령의 부인 올레나 젤렌스카 여사(45세)를 인터뷰했다. 이것을 읽거나 시청한 사람 중 눈치가 빠른 이들은(둔한 이들은 그냥 넘어가고) 여사의 이름과 성이 모두 -a형이고 성에도 남성-여성형의 구별이 있다는 사실에 주목했을 것이다.

볼로디미르 젤렌스키는 키릴문자로는 Володимир Зеленський이고 라틴문자로는 Volodymyr Zelenskyy다. 올레나 젤렌스카는 키릴문자로 Олена Зеленська, 라틴문자로 Olena Zelenska로, 남편 성의 어말이 yy에서 a로 바뀌었다.

영어를 제외한 다수의 인구어는 명사에 성(性)이 있다. 생물학적인 성은 그것을 따르고 나머지는 별다른 이유 없이 정해진다. 어형은 어떨까? 가톨릭권(동방정교회 포함)에서는 여성은 −a형이 대부분이고 남성은 −o 또는 −y형, −자음(이상 단수인 경우) 등 다양하다.

슬라브어 이름의 경우는 앞에서 보았고 스페인어 명사를 예로 들면, '소년'은 hijo(이호)이고 '소녀'는 hija(이하), '수코양이'는 gato(가또)이고 '암코양이'는 gata(가따)이다. 예외가 물론 있어서 예컨대 '문제' 즉, ploblema는 여성명사가 아니라 남성명사다.

젤렌스키 대통령과는 함께 하늘을 이고 살 수 없는 사이가 된 푸틴 러시아 대통령 쪽으로 가보자. 비밀경찰 하급장교 시절 결혼한 스튜어디스 출신 전 부인(2013년 이혼) 류드밀라 오체레트나야(Lyudmila Ocheretnaya) 사이에 연년생인 두 딸, 마리야 푸티나(Mariya Putina)와 카테리나 푸티나(Katerina Putina)를 두었다. 아버지의 미들네임이 블라디미로비치(Vladimirovich)이고 이들의 그것은 블라디미로브나(Vladimirovna)이다. 숨겨진 딸이 한 명 있다는 소문이 도는데, 있다면 그녀 이름도 −a형일 것이다.

푸틴의 애인은 그 유명한 리듬체조 선수인 알리나 카바예바(Alina Kabaeva)로, 푸틴이 결혼하던 해인 1983년 출생이니 푸틴의 딸들보다 불과 한두 살 위다.

이들 많은 이름 가운데 대표적인 −a형은 말할 것도 없이 Maria다. 스페인어명 María는 i가 약모음임에도 강세가 있어 í로 적는다.

같은 가톨릭권이라 해도 슬라브어권에서는 Марыя(벨라루스), Марија(세르비아, 마케도니아), Мария(러시아, 불가리아) 즉, −ya형 인데 이들은 일반적으로 Mariya보다는 Maria로 로마나이즈된다.

Maria는 그 기원이 라틴어로, Marius(남자 이름)의 여성형이다. 영어권에서는 Maria보다는 영어 냄새가 나는 Mary 쪽이 더 널리 쓰인다. 예수가 사용한 언어는 아람(Aram)어라고 하니 예수를 낳은 어머니의 이름 '마리아'는 아람어일 텐데 로마에서는 예수가 탄생하기 훨씬 전부터 Maria라는 이름이 사용되어 왔기 때문에 라틴어 기원이라고 하는 것이다.

가톨릭권에서 여자 이름으로 Maria를 선호하는 이유가 구원(久遠)의 여인, 성모 마리아에 있음은 구태여 설명할 필요가 없을 것이다. 스페인 사람의 이름은 퍽 긴데 María와 José(호세: 예외적으로 끝 음절에 강세)를 넣는 것이 보통이라고 해도 과언이 아닐 정도이니 이 나라 사람들의 신심을 짐작할 만하지 않은가. José는 예수의 아버지 요셉의 스페인식 이름이다. 스페인 여자의 이름은 로레나, 엘사, 에후에니아, 아마이아, 클라우디아, 아드리아나, 사라, 칼라, 안젤라, 클라라(이상 여배우 이름에서) 등 −a형이 압도적으로 많다.

그런데 미국에서는 지난 세기에만 해도 여자아기(신생아) 이름으로 인기가 높았던 Maria가 2020년에는 109위로 내려앉았다(사회보장국 통계). 길 잃은 양이 급증하고 있는 세월 탓인지도 모른다.

딸 이름으로 Maria가 좋겠다고 생각하면서도 쉽게 결정하지 못하고 있는 신생아 부모들에게 미국의 한 기관은 다음과 같은 라틴 기원 이름들을 추천한다. 의미가 Maria와 상통한다는 것이 이 기관의 설명이다. 어형은 역시 거의가 −a형이다.

Amanda, Angelica, Ava, Cecilia, Daniella, Donna, Emilia, Georgia, Gloria, Joy, Luna, Madonna, Marina, Mary, Nora, Priscilla, Regina, Serena, Valentina, Veronica, Victoria, Vivian이다.

제3차 세계대전(WWⅢ)

　요즘 제3차 세계대전(WWⅢ: 이하 같음) 발발 가능성을 두고 설왕설래가 한창이다. WWⅢ라는 용어가 언론에 처음 등장한 것은 놀랍게도 일본이 하와이의 진주만을 기습하기 꼭 한 달 전인 1941년 11월 3일자 《타임(TIME)》지에서였다. 이 시사주간지는 나치 정권을 피해 미국에 갓 도착한 정치인이며 저술가인 헤르만 라우슈닝(Hermann Rauschning)에 관한 기사를 실으면서 제목을 'World War III?'라고 붙였다. 당시 유럽에서는 이미 제2차 세계대전(1939.9.1 발발)이 한창이었다.

　그 이후 1943년 3월 22일자에서 "We shall decide sometime in 1943 or 1944 ⋯ whether to plant the seeds of World War Ⅲ"라는 헨리 월리스(Henry Wallace) 미국 부통령의 발언을 보도하면서 다시 'World War III?'라는 제목을 붙였고 이후에도 해마다 WWⅢ를 되

풀이해서 썼다. 우리 속담에 말이 씨가 된다고 했으니 장차 WWⅢ가 일어난다면 그 책임의 일부는 《타임》지가 저야 할 것 같다.

WWⅢ는 말할 것도 없이 핵전쟁을 의미하는데 우크라이나 침략 전쟁을 일으킨 러시아의 고위관리들, 그중에서도 시대착오적인 현대판 차르(Tzar) 푸틴의 핵 공갈이 날이 갈수록 더 노골적이 되고 있다. 푸틴은 최근에는 3대 핵전력 증강에 더 많은 관심을 쏟을 것이라고 했는데 그가 말하는 3대 핵전력은 대륙간탄도미사일(ICBM), 잠수함발사탄도미사일(SLBM), 장거리 전략폭격기다. 러시아는 이미 8,500개의 핵탄두를 보유하고 있다.

현재 주요 핵보유국으로는 1위인 러시아 외에 미국(7,400개), 중국(최대 700개), 영국(225개), 프랑스(최대 300개), 이스라엘(최대 300개), 인도(최대 200개), 파키스탄(최대 130개)이 있다. 북한도 60개쯤 보유했다고 전해진다. 아무리 WWⅢ라 해도 이 많은 핵폭탄이 일시에 터지지는 않겠지만 인류 문명을 석기 시대로 돌려놓는 데는 그 몇 분의 1이면 충분할 것이다.

그러면 WWⅢ 발발 가능성은 얼마나 될까? 입으로는 별말을 다 하지만 대부분은 엄포로 보면 되겠다. 일부에서는 러시아가 중국을 우크라이나 전쟁에 우군으로 끌어들이면 즉, 중국제 무기가 러시아군에 공급되면 WWⅢ 발발 가능성이 한결 높아지리라고 본다. 이런

마당에 중국이 러시아에 드론, 총탄, 포탄 등을 제공하기로 하고 가격 등 조건을 협상 중이라는 뉴스가 나왔다. 중국은 이 보도를 부인했지만 아니 땐 굴뚝에 연기가 날 리 없다. 그동안 중국의 회사들은 헬멧, 방탄조끼 같은 비살상용 장비를 러시아에 제공해 왔다.

GFP(Global Firepower: 미국의 세계 군사력 평가기관)에 따르면, 2023년 기준 각국의 군사력 상위권 순위는 1위 미국, 2위 러시아, 3위 중국, 4위 인도, 5위 영국, 6위 한국, 7위 파키스탄, 8위 일본, 9위 프랑스, 10위 이탈리아이고 우리의 관심거리인 북한의 군사력은 34위에 머무른다. 그러나 이 같은 군사력 순위는 한국과 북한에 관한 헛소리에 가까운 것이다. 비대칭 전력 즉, 북한은 가지고 있는데 한국은 그렇지 못한 전력을 계산에서 빠뜨렸기 때문이다. 핵무기, 생화학무기, 탄도미사일이 그것이다. 그래서 우리도 핵무장을 서둘러야 한다는 주장이 힘을 얻고 있으나 이 문제는 단순논리로만 따질 일이 아니라고 전문가들은 말한다.

WWⅢ가 그예 일어나고 말았다고 가정하고, 지구상에서 안전지대는 어디일까? 없다. 호주가 비교적 안전하리라는 이도 있고 스위스만은 괜찮지 않겠느냐고 하는 이도 있지만 방사능 낙진과 핵겨울을 이곳이라 해서 피해갈 수 있겠는가.

버트런드 러셀(Bertrand Russell)은 "War does not determine who is

right, … only who is left"라고 말했는데 WWⅢ에서는 옳고 그르고 를 떠나 살아남은 자를 찾아보기 쉽지 않을 것이다. 살아남더라도 짐 승 가죽을 걸치고 동굴에 사는 원시인으로 돌아가지 않을까?

알베르트 아인슈타인(Albert Einstein)은 1949년 《리버럴 유대주 의(Liberal Judaism)》지와의 인터뷰에서 다음과 같이 말했다.

기자: 박사님, 제3차 세계대전에서는 어떤 무기가 주로 쓰일 것이 라고 생각하십니까?
아인슈타인: 제3차 세계대전에서 어떤 무기가 쓰일지는 저도 잘 모르겠습니다. 하지만 제4차 세계대전에서 어떤 무기가 쓰일지 는 알 것 같군요.
기자: 그것이 무엇인지요?
아인슈타인: 돌멩이와 나무막대기입니다.

심각한 인구 문제

동네 골목의 '어깨' 노릇도 덩치가 있어야 한다. 정글이나 초원에서는 더 말할 것도 없어서 코끼리와 코뿔소에게는 사자, 호랑이, 하이에나 따위의 맹수라도 감히 덤벼들지 못한다. 덩치는 힘의 논리가 지배하는 곳이면 어디에서든 위력을 발휘한다.

세계의 강대국치고 덩치가 작은 나라는 없다. 국가의 덩치를 결정하는 요소는 인구와 면적이다. 적어도 수천만 명의 인구와 수십만km^2 수준의 국토를 보유해야 덩치 반열에 오를 수 있다.

물론 그만한 인구와 국토를 가지고 있다고 해서 다 강대국이 되는 것은 아니다. 경제력, 군사력이 필수조건이고 그중에서도 경제력이 핵심이다. 경제력이 있으면 군사력은 따라오게 되어 있다. 국제사회의 코끼리인 미국, 러시아, 중국, 인도는 말할 것 없고 코뿔소라고 할 군사력 5~10위의 영국, 일본, 프랑스, 이탈리아 등이 모두 적정 규모의 인구와 국토를 가진 경제 대국들이다.

한국과 북한은 국토에서는 군사 강국이 되기 어려운 조건인데 이 핸디캡을 한국은 경제력, 북한은 철권통치로 극복하고 있다. 땅덩어리가 작고 자원이 부족한 한국이 무슨 수로 세계 10위권의 경제 대국이 되었을까? 이른바 '한강의 기적'은 어떻게 가능했는가? 여러 요인이 있겠지만 특히 빼놓을 수 없는 것이 많은 인구였다. 삼성, LG, 현대 등이 풍부한 내수로 기반을 탄탄하게 닦고 이것을 도약대 삼아 세계로 진출했다는 사실이 '인구 효과'를 잘 말해준다.

한국은 약 10만㎢밖에 안 되는 좁은 터전에 5,180여만 명이 살고 있다. 전국 평균 인구밀도는 516명/㎢로 그런대로 견딜 만한 수준이지만 수도권(서울-인천-경기도)은 면적이 전국의 12분의 1인데 인구는 전체의 절반으로, 인구밀도가 2,189명(2023년 기준)이나 되는 콩나물시루 신세다. 이래서는 높은 삶의 질을 기대하기 어렵다. 반면에 지방의 도 지역은 좀 과장하면 텅텅 비어가고 있다. 일례로 수도권과 접경한 강원도는 인구 154만 명, 인구밀도는 92명/㎢에 불과하다.

인구밀도를 다른 나라들과 비교하면 인구 1천만 명 이상의 국가로는 1위 방글라데시, 2위 대만에 이은 3위이고 OECD(경제협력개

발기구) 38개국 중에서는 1위다.

삶의 질을 좌우하고 결정하는 요소는 크게 보아 두 가지, 인위적인 것과 자연적인 것이 있는데 앞서 언급한 적은 인구와 낮은 밀도 외에 정치적 안정, 소득, 주거, 물가(특히 집값), 치안, 교육, 교통, 의료, 상하수도, 에너지 소비, 문화예술, 휴양시설, 공해 등이 전자에 속하고 기후, 산하와 녹지공간 등이 후자에 속한다.

2022년 10월에 나온 인구와 삶의 질 간의 상관관계를 연구한 보고서에서는 호주의 세 도시 퍼스, 브리즈번, 멜버른이 1~3위를 휩쓸었다. 단, 표본으로 선정된 인구 100만 명 이상의 도시 중에서는 그렇다는 얘기다. 그러면 최악인 도시는? 나이지리아의 라고스가 밑바닥이고 이란의 테헤란과 중국의 북경(베이징)이 바로 그 위다. ('Does a City's Population Size Impact its Quality of Life?' By Elaine Siu)

위의 조사에서 1위를 차지한 퍼스는 인구 219만 명에 인구밀도가 342명/km²(2021년)이고 꼴찌인 라고스는 도시부가 인구 1,644만 명(2018년 추정)에 인구밀도 1만4,470명/km²이다. 영국《이코노미스트(The Economist)》지의 2022년 '살기 좋은 도시' 조사에서 1위를 한 오스트리아의 빈은 인구 191만 명에 인구밀도 4,658명/km²로 밀도가 높은 편이지만 그래도 서울(1만5,584명/km²)의 3분의 1이 채 안 된다. 이 지표 하나만으로도 어느 쪽의 삶의 질이 높거나 낮을지가 자명해진다.

사정이 이러함에도 한국에서는 인구 감소 위기가 심화되고 있다고 걱정이 태산이다. 젊은이들이 아기를 덜 낳는 바람에 노인국가가 되어 간다는 것이다. 그래서 출산율을 끌어올리려고 지난 16년간 280조 원을 쏟아부었지만 합계출산율(여성 1명이 평생 낳을 아기의 수효)이 0.78명이라는 참담한 수치를 기록하는 것으로 끝났다. 이 같은 출산율은 OECD 회원국 중 꼴찌이고 평균치의 절반에도 못 미친다.

수도권에서 내 집을 마련하려면 8년간 월급을 한 푼도 안 쓰고 모아야 한다는 국립기관의 조사발표가 있었는데 누가 보태주지 않는 한 월급 전액을 그렇게 오랜 기간 저축한다는 것은 현실적으로는 전혀 불가능한 일이다. 달마다 월급의 3분의 1을 떼어 저축하더라도 (이 역시 쉽지 않다) 24년이 지나야 집을 살 수 있다는 산술적 계산이 나온다. 그동안 젊은이는 중늙은이로 변할 판이니, 언제 결혼해서 언제 아이를 낳아 키우겠는가.

출산 장려는 그것대로 해야 하겠지만 인구가 과다한 현실에도 대책이 필요하다. 후자는 인구 분산 외에는 정답이 달리 있을 것 같지 않다.

괴뢰말

영상, 전파 등 매체를 탄 '한류'의 침투와 영향이 우려할 수준에 이르렀다고 판단했는지 북한은 2020년 '반동사상문화배격법' 시행에 들어간 데 이어 2023년엔 최고인민회의에서 '평양문화어보호법'을 채택하고 이 법의 해설서를 배포했다고 자유아시아방송(RFA)이 최근 보도했다. '평양문화어보호법'의 목적은 주민들 사이에 급격히 퍼져나가고 있는 '괴뢰말'과 그 말투를 박멸하려는 것이다.

괴뢰말과 그 말투는 남한의 말과 말투를 가리키는데 이 법을 어기면 최고 무기형 또는 사형에까지 처해진다. 괴뢰말은 구체적으로는 "어휘, 문법, 억양 등이 서양화, 일본화, 한자화되어 조선어의 근본을 완전히 상실한 잡탕말로서 세상에 없는 너절하고 역스러운 쓰레기 말"이다.

그러면 북한말에서 '괴뢰(傀儡)'는 무슨 뜻일까? 꼭두각시? 물론 그런 뜻도 있지만 그보다 훨씬 중요한 뜻이 따로 있다. "제국주의를 비롯한 외래침략자들에게 예속되어 그 앞잡이노릇을 하면서 조국과 인민을 팔아먹는 민족반역자 또는 그런자들의 정치적집단. /미제의 충실한 ~도당"(조선말대사전, 사회과학출판사, 1992 참고)을 말한다.

남북한의 '인민'은 남한이 약 5,200만 명, 북한은 절반인 2,600만 명이다. 북한의 갑절이나 되는 남한 사람들은 대한민국 정부가 조국과 인민을 팔아먹은 민족반역자들이라는 생각을 꿈에도 해본 적이 없다. 왜냐? 다수 국민이 자유의사에 따라 선택한 정부이기 때문이다. 그런 생각을 가지고 있기를 바라는 것은 북한당국의 부질없는 희망사항일 뿐이다.

북한은 21세기에 접어들고서도 항일 독립운동을 벌이고 빨치산 유격전을 하던 시절에나 적합했을 세계관에 갇혀 있는 듯하다. 안 된 얘기지만 북한이 자랑하는 항일투쟁은 일제로부터의 민족해방에 별 도움이 되지 않았다. 해방은 단지 태평양전쟁의 결과였으니까.

공산권 중에서도 북한은 유난히 폐쇄적이었고 정치사상 논리로만 인민을 통치하려 했다. 그 결과가 어떤가? 1970년대 초중반까지만 해도 남한과 엇비슷했던 북한의 국력, 그 표징인 경제규모가 반세기 사이에 남한의 수십 분의 1로 곤두박질쳤다. 아니, 그보다는 남한이 수십 배나 되는 폭풍 성장을 했다는 표현이 더 적합하겠다. 2020년 기준 국내총생산(GDP)은 남한이 북한의 60배요 2021년 1인당 국민총소득(GNI)은 남한이 북한의 30배 수준에 이른다. 남한 인민 1인이 1년간 4,048만 원(한화)을 버는 동안 북한 인민 1인은 겨우 142만 원의 소득이 있었을 뿐이다.

이번엔 산업 발전과 문명생활의 지표라고 할 전력 생산량을 비교해 보자. 북한의 발전 설비는 남한의 6%, 발전량은 남한의 4.4% 수준이다. 인민을 제대로 먹이지 못하고(이른바 고난의 행군 때 백만 명 단위의 아사자를 낸 일은 접어두기로 하자) 밤에 전등도 마음대로 켤 수 없는 나라가 무슨 사회주의 이상향이라도 되는 양 떠벌리나.

북측의 지적대로 '잡탕 쓰레기말'이 남한에서 꽤나 쓰이고 있음은 사실이다. 외래문화의 홍수에 휩쓸리고 있는 남한의 대중문화를 북한이 '날라리문화'라고 깔보는 데 대해서 반박할 말을 찾기 어렵다. 같은 남한 사람이 보기에도 '너절리즘'(이 말도 괴뢰말이다)이 판을 치고 있다는 탄식이 나올 지경이다. 그뿐 아니라 남한 사회는 범죄, 배금사상, 한탕주의, 분열 등 온갖 병폐를 다 안고 있다.

그럼에도 남한은 북한당국의 기대나 선전과는 달리 망할 기미는 전혀 보이지 않고 오히려 굳건히 잘 돌아갈 뿐 아니라 하루가 다르게 발전하는 중이다. 자동차를 생각해 보라. 길에서 달리노라면 바퀴에 온갖 더러운 것이 다 묻겠지만 그렇다고 바퀴가 멈추지는 않는다. 힘찬 동력을 받고 있기 때문이다.

북한은 당과 정부가 모든 일을 통제하고 주도하지만 남한에서는 인민이 국가와 사회를 지탱하고 그 발전을 이끌어 간다. 남한에서는 국민이라고 부르는 이 인민은 북한처럼 "당이 결심하면 우리는 한다"라는 수동적이고 소극적인 존재가 아니고 "나라의 주인은 우리"라는 능동적이고 적극적인 존재다. 이들이야말로 나라를 움직이는 동력이다.

북한당국은 이해하기 어려울 것으로 보이는데 남한에서는 개인, 개인의 사고방식, 개인의 자유, 개인의 창의, 개성이 최대한 존중된다. 각자의 언어생활도 자연적인 흐름에 맡겨져 있다. 그러다 보니 '잡탕 쓰레기말'이 더러 행세하기도 한다. 여기서 북한의 순수·청결주의자들이 꼭 알아두어야 할 것이 있다. 그 흐름은 그냥 흘러만 가지 않고 자정 작용을 해서 찌꺼기를 걸러내 버린다는 사실이다. 그래도 살아남는 말이 있다면 어쩔 수 없는 일이다. 언어 대중이 선택했으니까.

북한에서 언어 순화에 힘을 쏟고 있음은 남한에도 잘 알려진 사실이다. 남한에서도 국립국어원이나 어문 관련 기관 단체들에서 그 같은 노력을 기울여 왔다. 그러나 21세기는 '민족언어'만을 고집하기 어려운, 고집해서도 안 되는 국제화·세계화 시대여서, 특히 외국의 앞선 문화와 과학기술을 받아들일 때 새로운 용어가 있으면 따라 써야 한다. 이것이 큰 흉이 될 수는 없다.

북한은 나날이 쏟아져 들어오는 외국어 정보통신(IT) 용어를 어떻게 소화하고 있는지 무척 궁금하다. 북한의 과학기술은 ICBM을 쏘아 올릴 정도로 발달했는데 그 용어와 온갖 부품 이름들은? 이것은 Cellular phone(또는 Mobile phone)을 '손전화'로 옮기는 차원의 문제가 아닐 것이다.

특히 정치사상 분야에서 나타나는 북한말의 특징은 살벌함, 격렬함, 투쟁적이고 날것 그대로 드러내는 증오심이다. 1950년 6월 전쟁의 불을 질러 국토를 잿더미로 만들고 수백만 양민의 생명을 빼앗은 끔찍한 범죄행위에 대한 사과는 70년이 지나도록 한마디 없이, 전란의 폐허를 딛고 피땀을 쏟아 노력한 끝에 단군조선 이래 처음으로 가난의 굴레를 벗어던지고 잘사는 나라가 된 대한민국을 '괴뢰'라고 헐뜯다니.

남한에서는 특히 젊은이들 사이에 '통일 무용론'이 나온 지 한참 된다. 쉽게 말해서 앞으로도 지금처럼 너희 따로 우리 따로 살자, 너희와는 엮이고 싶지 않다는 것인데 이 정도면 그래도 다행이라고 할 수 있다. 통일이건 북한이건 아예 관심을 두지 않는 젊은이들이 늘어나고 있다는 이야기다. 이대로 가면 북한과 남한은 완전히 남남이 되고 말지도 모른다. 민족을 앞세우던 시대가 저무는 중이다.

꿀벌

바야흐로 꿀벌이 한창 바쁠 때다. 봄꽃이 가득 핀 나무마다 왱왱거리는 날갯짓 소리가 끊이지 않는다. 림스키-코르사코프가 〈꿀벌의 비행〉에서 흉내를 낸 바로 그 소리들이다.

꿀벌은 이쁘고 귀엽고 사랑스러운 곤충으로 둘째가라면 서러워할 녀석이다. 작은 날개를 단 아주 조그맣고 노르스름하고 통통한 몸집에 검은 가로줄 두어 개 쳐진 것이 한눈에 봐도 딱 어린이만화의 주인공감이다.

그런 녀석이 곤충계는 말할 것 없고, 온 '벌레계'를 포함한 동물계에서 가장 열심히 살고 있음은 참으로 놀라운 일이다. 비견될 존재로 개미가 있긴 하나 개미는 기어 다녀야 하므로 행동반경이 빤하다. 하지만 꿀벌은 날개 덕분에 온 산과 들이 좁다고 돌아다닌다.

영국의 꿀벌지기협회(The British Beekeepers Association)가 소개하는 바로는 꿀벌은 먹이(꿀과 화분 등)를 찾아 최장 5마일(8km)을 날고 보통은 벌집에서 1마일(1.6km) 이내를 오간다. 6만 마리의 집단(대체로 벌통 2, 3개 분량) 전체로는 매일 38만km를 비행하는데 이것은 지구와 달의 거리에 해당한다. 그러므로 온 세상의 꿀벌은 이미 은하계를 넘어 우주의 중심부에 도달하고도 남을 먼 거리를 날았다고 보면 되겠다.

비행 거리는 그렇고, 그 속도는? 먹이를 찾으러 갈 때는 시속 21~28km, 무거운 짐을 지고 돌아올 때는 시속 17km쯤 된다. 시속 28km면 시내를 달리는 자동차 속도의 절반쯤 된다. 고 작은 몸집으로는 대단한 빠르기다.

그런데 덮어놓고 난다고만 해서 될 일이 아니다. 꿀벌의 눈으로 볼 때는 그야말로 광대무변한 지역을 날아다니다가 집을 찾아와야 한다. 짐을 잔뜩 지고 돌아오는 길에 방향을 잃고 게다가 날이라도 저물면 낭패도 그런 낭패가 없다. 맛있는 꿀과 꽃가루 그리고 무엇보다도 연약하고 부드러운 '살코기'를 노리는 흉측한 식충 노상강도들이 한둘이겠는가.

그러나 안심하시라. 꿀벌은 해의 위치를 가늠하거나 지구 자기장을 감지해서 방향을 잡는다. 흐린 날에는 편광으로 구름을 뚫고 해를

볼 수 있다.

꿀벌은 머리 양쪽의 겹눈 외에 홑눈 3개를 머리 위에 가지고 있는데 이 홑눈은 수평계 구실을 해서 지면을 따라 최단시간에 목적지에 갈 수 있도록 해준다. 그리고 겹눈은 꽃을 찾는 데에 아주 쓸모 있다. 즉, 꽃은 자외선을 많이 반사하는데 여기에 민감한 것이 겹눈이다.

부지런하기로는 흔히 개미를 꼽지만 꿀벌은 이 점에서 개미한테 양보할 생각이 전혀 없을 만큼 밤낮없이 일한다. 녀석들은 인간이나 다른 동물들처럼 일시에 자지 않고 개별적으로 잠깐씩 눈을 붙인다. 즉, 집단 전체는 쉼이 없이 항상 움직인다. 낮엔 온종일 꿀을 따러 날아다니고 밤엔 벌집 안에서 여왕 시중을 들고 '갓난아기'들을 돌보는가 하면 청소도 하고 때로는 날개로 부채질을 해서 집안의 열기를 식힌다.

꿀벌은 가을에 우화한 녀석은 다음 해 봄까지 살지만, 여름에 우화한 녀석은 50일밖에 못 사는데 한 자료에 따르면, 한 마리가 평생 모으는 꿀은 0.8g에 불과하다. 얼른 믿기엔 너무 적은 양이다.

꿀벌의 존재가치가 양봉업자에게 돈을 벌어다 주는 데 있지 않음은 말할 나위도 없다. 유엔환경계획(UNEP) 보고서에 따르면, 세계 식량의 90%를 차지하는 작물 100종 가운데 70종 이상이 꿀벌의 수

분으로 생산된다. 만에 하나라도 꿀벌이 지구에서 모습을 감춘다면 생태계의 일부가 결딴남은 물론이고 인류의 식생활이 직격탄을 맞게 될 텐데 놀랍게도 이 '만에 하나'가 현실이 될 조짐을 보이고 있다.

우리나라에서는 2022년 한 해에만 꿀벌 60억~70억 마리가 사라졌다(정부 추산). 미국에서는 2006년 집단 실종이 처음으로 보고되었고 2035년이면 꿀벌이 멸종할 수 있다는 유엔의 경고가 2017년에 나왔다.

꿀벌을 사라지게 하는 원인으로는 이상기후, 각종 바이러스, 전자파, 공해, 농약, 토양 등이 꼽힌다. 이들 원인이 개별적 또는 복합적으로 작용한다는 것이다. 우리나라에서는 공중 살포되는 삼림 병충해 방제약과 농약을 주범으로 보는 이들이 많다.

세계 여러 나라에서는 꿀벌을 보호하려고 여러 가지 아이디어를 짜내 실천하고 있다. 유럽의 경우 벌이 둥지를 틀거나 쉬어갈 수 있도록 '전용 호텔'을 마련해 준다. 또 버스정류장 지붕을 토착 식물로 뒤덮고 공공장소의 풀을 토종 꽃식물로 대체했다. 중미 코스타리카의 한 소도시는 꿀벌에게 '시민권'을 부여해서 사람과 똑같은 시민으로 인정하고 보호한다고 한다. 우리나라에서도 관계 행정 및 연구기관들이 머리를 맞대고 꿀벌을 지키는 방안을 마련하고 있다고 하니 기대해 볼 만하다.

1970년대에 벨기에 양봉업자들은 꿀벌을 보호하기 위해 엄살이 섞인 거짓말을 홍보 책자에 올렸다. "꿀벌이 사라지면 인류는 4년 안에 절멸한다"라고 아인슈타인이 말했다는 것이다. 그러나 아인슈타인이 실제로 말한 것은 "햇빛이 사라지면…"이었다('초등학생들에게 보내는 편지'에서). 지금 인터넷에는 아인슈타인의 이 '가짜 말'이 돌아다니고 있으니 속지들 마시기를.

불평등의 기원

서울의 강남구와 지방의 강원도는 사이좋은 '강(江)' 자 돌림이다. '남(南)'과 '원(原)'은 둘 다 뜻도 좋고 운치까지 있다. 지리적으로도 강남구와 강원도는 자동차로 한두 시간 거리밖엔 안 된다. 그래서 얼른 보기에는 고만고만한 이웃 사촌 같다. 하지만 자세히 들여다보면 그것은 턱도 없는 소리임이 금방 드러난다.

인구는 강원도가 명색이 도인 만큼 강남구보다 많다. 주민등록상의 인구가 강원도는 154만 명, 강남구는 53만 명이다. 주민등록상의 인구라고 당연한 것을 말하는 이유는 '생활인구'라는 것이 있기 때문이다. 강남구의 인구는 생활인구를 합산하면 10여만 명이나 늘어난다.

최근 강원도교육청이 2023학년 대학입시 결과를 분석해서 발표

했는데 도에서 배출한 서울대 입학생은 모두 44명이었다. 도내 약 90개 고교 중 3분의 1에서 응시(전국 평균치)했다고 치면 1개교에서 1~2명씩의 합격자가 나온 셈이다. 하지만 해마다 수십 명이 합격하는 민사고(횡성군)를 계산에 넣어야 하니 나머지 고교들에는 더욱 좁은 문이 될 수밖에 없다.

한편 서울의 강남구는 올해 서울대 입학자 수가 자그마치 259명이나 된다(출신고 기준, 국민일보 2023.3.8.). 강원도에 비해 인구는 3분의 1인데 입학자 수는 거의 6배나 된다. 왜 이런 결과가 나왔을까? 그 원인을 분석하자면 논문이나 보고서 몇 편 감이 되겠지만 잘라 말하면 '기회의 불균등' 때문이라고 할 수 있다.

대학은 사회·경제적 계층 이동의 중요한 통로이며 서울대는 그 상징적인 존재인데 이 같은 서울대에 합격할 기회가 고루 주어지지 않았다는 이야기다. 다시 말하지만 지원할 기회가 아니고 합격할 기회다.

기회의 불균등은 주로 부모의 사회·경제적 지위의 차이에 연유한다. 이것은 자녀의 생활환경과 사교육에 대한 투자, '스펙 쌓기' 등의 차이로 이어져 학습능력과 성적에 영향을 주게 되어 있다. 서울대에 지원할 기회는 형식상으로는 균등하지만 합격할 기회는 불균등한 소이다.

경제력을 단적으로 나타내는 지표가 있다. 살고 있는 지역 아파트의 평균 평당(3.3㎡) 가격이 그것으로, 강남구는 8,926만 원이고 강원도는 612만 원이다(2022년, 부동산테크). 즉, 강남구 대 강원도의 아파트값은 약 15 대 1이니 서울대 입학자 비율과 비슷하게 맞아떨어진다.

이 비율이 강남구 대 강원도만의 사정이라면 다행일 수 있으나 전국적인 현상이라는 데서 문제가 심각해진다. 심지어는 같은 서울시 내에서도 편차가 극심해서 예를 들면 중랑구(인구 39만 명)와 동작구(38만 명)는 서울대 입학자를 각자 7명밖에 내지 못했다. 강남구보다 인구가 적다는 점을 감안하더라도 이럴 수가 있을까 싶을 지경이다.

놀랄 일이 더 있다. 259 대 7을 당연시하는 태도들이 그것이다. 무엇이 문제냐, 어쩌라는 거냐. 대한민국의 교육을 책임진 이들에게 묻고 싶다. 당신의 자녀가 '7군'에 속했어도 그냥 보아넘기고 말겠는가? '7군'의 고교교장과 교사들은 무슨 생각을 하고 있나? 고교평준화가 이런 것이었나? 이것이 복잡하기 이를 데 없는 대학입시제도가 이룩한 성과인가?

우리나라 헌법 제10조는 "모든 국민은 인간으로서의 존엄과 가치를 가지며, 행복을 추구할 권리를 가진다", 제11조는 "모든 국민은

법 앞에 평등하다"라고 규정하고 있고 1948년 유엔 총회에서 채택된 세계인권선언(UDHR) 제1조는 "All human beings are born free and equal in dignity and rights(공식 번역: 모든 인간은 태어날 때부터 자유로우며 그 존엄과 권리에 있어 동등하다)"라고 되어 있다. 우리 헌법 제11조가 '법'을 내세운 점만 빼면 두 가지는 사실상 같은 내용이다.

그런데 인간은 태어날 때부터 불평등하다는 반론이 있다. 아니, 반론이 아니고 사실을 말하는 것이다. 인간은 불평등하게 태어나 불평등하게 성장해서 불평등한 성인기를 보낸다. 이 같은 불평등론은 자질, 지능, 능력, 용모, 건강 등 개인차를 가리킬 수도 있으나 일반적으로는 사회·경제적 지위의 격차를 의미한다.

부모의 사회·경제적 지위는 아기가 태어날 때부터 영향을 끼친다. 자라나면서는 말할 것도 없다. 유치원생에서 대학생에 이르는 동안, 그리고 대학 졸업 이후까지 수많은 기회에 유리하게 또는 불리하게 작용한다.

이런 현상은 우리나라에만 국한되지 않는다. 정도의 차이는 있을망정 세계의 거의 모든 나라가 마찬가지인 모양이다. OECD 국가 전체에서 저소득 가정의 자녀가 성장해 해당 국가의 평균소득에 도달하려면 거의 5세대가 걸리고 빈곤 아동 10명 중 6명은 성인이 되어도 여전히 빈곤 상태로 남을 것으로 예상된다(OECD.org 참고).

프랑스 파리경제대학 세계불평등연구소(WIL)의 2022년 보고서
에 따르면, 전 세계 상위 10%의 부자가 전체 자산의 76%를 차지하
고 하위 50%의 소유 자산은 전체의 2%에 불과했다. 불평등은 코로
나 발생 이후 심해졌는데 이것은 서구 제국주의의 징점이었던 20세
기 초반과 비슷한 수준이다. 우리나라의 경우는 상위 10%가 국민 전
체 소득의 45%를 점유하고 상위 1%가 12~13%를 점유한다고 한다.

경제적, 사회적 불만이 고조되면 분출구를 찾게 되어 있다. 불행한
사태가 오기 전에 진정한 기회의 균등이 실현되기를 바란다.

'신데렐로' 한동일

2024년 12월 29일, 세계적인 피아니스트 한동일(韓東一)이 별세했다. 향년 83세. 한국전쟁의 혼란기인 1950년대 초 미국으로 건너가 미국 시민으로 거의 평생을 살다가 2000년대에 모국으로 돌아왔다.

1941년 함경도에서 태어나 광복 이듬해인 1946년 가족과 함께 남한으로 내려온 그는 음악을 하는 아버지의 영향으로 5세에 피아노를 배우기 시작했다고 한다. 당시 우리나라 형편으로 보아 집안이 재력가였던 듯하다.

전쟁이 한창인 1950년대 초 10세 꼬마 소년의 몸으로 미군 위문 공연 휴게 시간에 피아노를 연주했고 이에 매료된 미군들이 제5공군 사령관 새뮤얼 E. 앤더슨 중장의 후원 아래 5천 달러의 유학자금을

모았다.

그는 13세 때(배재중학 1학년 재학으로 기억됨) 마침내 도미, 줄리아드에 입학했다. 이후 그의 앞엔 연주가로서 그리고 음대 교수로서 꽃길이 이어진다.

'신데렐로' 한동일이 선망의 눈길을 한 몸에 모으던 그 시절, 이 땅의 소년·소녀들, 아주 좋은 예가 될 부산의 피난민 자녀들은 산기슭, 언덕, 바닷가에 급조된(처음엔 노천, 다음엔 천막) 콩나물시루 같은 '피난 국민학교'에 다녔다. 노천 피난학교라니, 한국인의 교육열이 얼마나 대단한지를 보여주는 좋은 사례다. 이 같은 교육열이 '한강의 기적'의 밑거름이 되었을 것이다.

근년에 연주 중이거나 인터뷰에 응한 한동일 옹의 모습이 유튜브에 여러 장면 소개되었는데 깊은 주름살 하나 없는 원만한 얼굴에 행복감과 평화로움이 가득했다. 신앙생활의 영향도 받았겠지만 그보다는 세계 최부국이자 최강국인 미국에서의 순탄한 삶의 궤적이 그대로 투영된 결과가 아닐까?

비록 흙바닥, 자갈밭에 앉아서 공부했지만 경기중학이나 서울중학에 진학한 수재가 한둘이 아니었다. 이들을 포함한 피난학교 출신들이 성인이 되고 노년기에 이르렀을 때 '어떤 얼굴'을 하게 되었는지는 일일이 알 수 없다. 하지만 한국인이 일반적으로 보여주는 만만 찮은 상, 모난 상, 고집스러운 상, 전투적인 상에서 크게 벗어나지 않 았을 것으로 추측된다.

주민증과 운전면허증 갱신에 대비해 집에서 증명사진을 만들어 보려고 휴대폰으로 자화상을 찍다 보니(인화는 쿠팡에 맡기면 됨) 결과가 그렇게 처참할 수 없다. 얼굴 가득 깊게 팬 가로줄과 세로줄 은 그렇다 치더라도 무서운 눈빛과 험상궂은 표정은 "아, 이것이 묵 촌거사의 숨김없는 모습이란 말인가?" 하는 탄식을 절로 나오게 한 다.

그래서 이 잡기를 끄적거렸다. 불만스러운 점들을 토설하면 행여 나 조금이라도 나은 얼굴이 될까 싶어서다. 카타르시스의 효과다. 내 일 다시 카메라를 들이대 보려고 한다.

'내가'냐 '내게'냐

제목을 붙여놓고 보니 무슨 뚱딴지같은 소리냐 싶지만 나름대로 만만찮은 어학적, 신학적 문제를 제기하는 명제일 수 있다. '어학적'까지는 억지로라도 수긍하겠는데 '신학적'이라니 이건 또 무슨 뚱딴지…?

    a. 여호와는 나의 목자시니 내가 부족함이 없으리로다.
    b. 여호와는 나의 목자시니 내게 부족함이 없으리로다.

신자가 아니라도 누구나 알고 있을 시편 23편의 한 부분이다. 왕년에 주일학교에 다닌 필자가 분명히 기억하기로는 b인데 근래 우연히 성경을 들춰보니 a가 아닌가. 우리말 성경은 그간 여러 차례 개정되었는데 이 과정 어디에선가 토씨가 바뀌었으리라고 생각된다. 존경하는 동학 여러분도 기억을 더듬어 보시기 바란다. a인가 b인가.

영어와 일어 시편엔 무어라고 했을까? 영어는 크게 두 가지다.

The LORD is my shepherd, I shall not want.
The LORD is my shepherd, I lack nothing.
主はわたしの牧者であって、わたしには乏しいことがない.

영어는 '내가' 쪽이고 일어는 '내게' 쪽이다. 사정이 이러니 '내가'나 '내게'냐의 논의는 결국은 시편의 원전에는 어떻게 되어 있느냐의 문제로 귀결될 수밖에 없다.

제1원전은 히브리어 기록, 제2원전은 라틴어 기록이다. (파피루스 기록 같은 것도 있을 수 있고 그것도 한둘이 아닐 가능성이 크다.)

먼저 라틴어 기록이다.

 Dominus regit me, et nihil mihi deerit,

라틴어 원전은 '내게(mihi)'이니 놀랍지 않은가.

끝으로 히브리어 원전인데 유감스럽게도 히브리어는 필자의 능력 밖이어서 오늘은 원문만 인용하는 것으로 끝내야겠다. 혹시 아는가? 다음 주쯤엔 해답을 얻을 수 있을지. 예수께서도 말씀하셨다. 구하라,

얻을 것이요, 두드려라, 열릴 것이다.

מִזְמוֹר לְדָוִד ה׳ רֹעִי לֹא אֶחְסָר

(ha·shem ro·'i lo ech·sar.)

❖ 참고: 히브리어 글자는 오른쪽부터 읽음.

(속) '내가'냐 '내게'냐

앞서 서양 문명사상 아마도 가장 많이 인구에 회자되었을 시편 23편의 우리말 번역의 극히 부분적인 데에 딴지를 좀 걸고는 결론을 히브리어(고대 히브리어) 원전으로 미루었다. 1절 여호와는 나의 목자시니 '내가' 부족함이 없으리로다냐 '내게' 부족함이 없으리로다냐의 문제다. 이 시의 작자는 솔로몬의 아버지 다윗 왕이다.

מִזְמוֹר לְדָוִד ה' רֹעִי לֹא אֶחְסָר

(ha·shem ro·'i lo ech·sar.)

지난번에 인용한 이 히브리어 구절에서 오른쪽 맨 앞 מִזְמוֹר לְדָוִד는 다윗 왕의 노래라는 말이니 더 따져볼 것이 없다. 그다음이 무척 중요한데 이것은 감히 그 이름을 입에 담아서는 안 되는 지고하신 분을 나타낸다. 앞에서는 편의상 ha·shem으로 옮겼는데 유대교에서 신을 가리킬 때 쓰이는 이름이라고 한다.

그분을 나타내는 좀 더 완전한(?) 함자는 없을까? 있다. 로마자로 적으면 JHWH가 되는 자음 네 글자다. 여기에 모음을 붙인 것이 Jehovah 즉, 여호와다.

그다음에 나오는 רֹעִי(로이)는 목자라는 말이다. 이로써 전반부는 "그분은 목자"로 정리된다.

논의의 핵심 부분인 לֹא אֶחְסָר(로 에흐사르)로 넘어가 보자. 이것은 영어로 not lack으로 영역 시편은 "I lack nothing" 또는 "I shall not want"라고 했다.

여기서 어려운 문제에 봉착한다. 문장의 주어는 틀림없이 '그분'이다(필자가 보기로는 그렇다). 그렇다면 번역본들의 '나'는 어디서 나왔느냐는 것이다. 주어가 '나'인 문장에서는 주어를 생략하는 것이 보통인 언어가 있다. 고대 히브리어도 그런지 모르겠다. 이 숙제도 '두드리면 열릴 것'으로 본다.

끝으로, 대한성서공회 역 시편 23편 1, 2절을 옮겨 싣는다.

여호와는 나의 목자시니

내가 부족함이 없으리로다

그가 나를 푸른 초장(草場)에 누이시며
쉴 만한 물가로 인도하시는도다

백 세를 기원하면서

대체로 노령기에 접어들면 누구나 자문하게 되는 것이 있다. 나는 몇 살까지 살 수 있을까? 팔십 세는 무난할 테고, 잘하면 구십 세? 어쩌면 백 세?

물음은 이어진다. 백 세를 살면 세상과 인간의 삶이 어떻게 보일까? 초탈까지는 아니더라도 달관의 경지에는 오르게 될까? 아니면 머릿속이 흐릿해서 기억이 가물가물하고 희로애락을 제대로 느끼지 못할 지경이 될까? 지나간 자신의 백 년 삶을 돌아보고 수우미양가로 평가한다면? (묵촌거사는 양과 가 사이쯤 될 듯) 백 세는 축복일까, 아니면…?

수명이 비약적으로 늘어나긴 했어도 아직은 백 세는 특별한 사람들만이 오를 수 있는 인생의 상상봉이다. 우리나라에서 이 상상봉을

오른 사람은 전체 인구의 약 1만분의 1에 불과하다(2022년 통계).

2026년 기준 백 세면 1926년생이니, 살벌하고 엄혹한 일제 철권 통치 아래 태어나 배고프고 주눅 든 소년 시절을 보내고 이어 태평양 전쟁, 해방(광복), 좌우투쟁, 민족상잔으로 편할 날이 없었다. 6.25 직전에 결혼했을 텐데 시국이 뒤숭숭할 뿐 아니라 단칸방에 신혼살림을 차리기도 어려웠던 시절이다. 그리고 남자라면 아마도 6.25에 참전해서 삶과 죽음의 경계를 넘나들었을 가능성이 크다.

이후 4.19와 5.16을 겪고 나서 맨땅에 헤딩하기 식의 경제 건설에 나섰다. 전쟁 중인 베트남에도 다녀왔고 독일 탄광에서도 일했고 중동 사막의 열기를 견뎌내기도 했다. 그러다가 나이 쉰이 넘어서야 먹고살 만해졌지만 숨 가쁘게 흘려보낸 젊은 시절을 회고하면 "내 청춘을 돌려다오"라고 외치고 싶은 심정이었을 것이다.

잘살게 되어 행복을 온전히 누릴 수 있었다면 오죽이나 좋을까만, 갈수록 육신은 노화하고 정신은 쇠미해졌다. 그러는 가운데 이런저런 질환에 시달리면서 칠십, 팔십, 구십 고개를 용케도 넘기고 마침내 상상봉에 올랐다.

그 백 세가 축복인지 아닌지는 그분들이 판단할 문제다. 그분들이 축복이라고 생각한다면 축복이다. 강산이 열 번이나 변했을 기나긴 세월을 살아남았다는 사실 하나만으로도 그럴 자격이 충분하다. 1만 분의 1이라는 생존 경쟁에서의 승리는 아무나 하는 것이 아니지 않은가.

– 동기생 제위의 건강한 백 세를 기원하면서

'여수' 이모저모

소년 시절의 빤한 애창곡 레퍼토리 중에서 빼놓을 수 없는 노래가 〈여수(旅愁)〉다. 이 가을 들어 우연히 유튜브를 통해 이 노래를 들노 라니 감회가 새롭거니와 그 내력이 궁금해서 인터넷을 통해 자료를 뒤져보았다.

깊어가는 가을밤에
낯설은 타향에
외로운 맘 그지없이
나 홀로 서러워
그리워라 나 살던 곳
사랑하는 부모형제
꿈길에도 방황하는
내 정든 옛 고향

원제는 〈Dreaming of Home and Mother〉로, 1851년 미국의 존 폰
드 오드웨이(John Pond Ordway)가 1연을 작사와 동시에 작곡했고
이후 무명씨에 의해 2연과 3연이 시차를 두고 추가되었다.

오드웨이는 의사, 작곡가, 음악 출판인, 정치인으로 소개되는 좀
특별한 인물이다. 1824년 8월 1일 매사추세츠 주의 세일럼에서 태어
나 1880년 4월 27일 보스턴에서 별세했다. 향년 55세. 하버드 의대
출신이다.

이 노래는 남북전쟁(1861~1865)과 깊은 관련이 있다. 전쟁 기간
에 널리 불렸고(노랫말을 보면 그 이유가 이해된다) 작곡자는 전쟁
초기에 외과의사로서는 최초로 북군에 자원입대, 매사추세츠 자원보
병대 제6연대에 근무했다. 그는 전쟁의 승패가 갈린 게티스버그 전
투(1863년 7월 1~3일)의 부상병을 치료하기도 했다. 이후 보스턴
시 교육위원(1869~1873)을 지내고 매사추세츠 주 고등법원(1868)
에 봉직했다.

노래의 원문(1연)은 다음과 같다.

Dreaming of home, dear old home.
Home of childhood and mother-
Oft when I wake 'tis sweet to find

I've been dreaming of home and mother.

Home, dear home, childhood's happy home!

When I played with sister and with brother

'Twas the sweetest joy when we did roam

Over hill and through dale with mother.

(Chorus)

Dreaming of home, dear old home,

Home of my childhood and mother–

이 노래는 1907년 일본에서 〈旅愁〉, 1915년 중국에서 〈送別〉이라
는 곡명으로 번안되었다.

다음은 〈送別〉의 노랫말(1연)이다.

長亭外, 古道邊, 芳草碧連天,

Outside the long pavilion, along the ancient route, fragrant green
grass joins the sky,

晚風拂柳笛聲殘, 夕陽山外山.

The evening wind caressing willow trees, the sound of the flute
piercing the heart, sunset over mountains beyond mountains.

天之涯，地之角，知交半零落，

At the brink of the sky, at the corners of the earth, my familiar friends wander in loneliness and far from home,

一瓢濁酒盡餘歡，今宵別夢寒.

One more ladle of wine to conclude the little happiness that remains; tonight my dreams of parting leave me cold.

노화와 장수

　노화는 시간이 지남에 따라 생명체의 겉모습이 변할 뿐 아니라 내부의 구조와 기능이 쇠퇴하는 과정을 말한다. 사람의 경우는 20대 후반에서 30대 초반 사이에 세포가 서서히 손상되기 시작한다고 한다. 이후 대사율이 느려지고 성호르몬, 근육량, 뼈 밀도가 감소하며 시력과 청력, 면역력, 운동기능 등이 저하된다. 그리고 마침내 사망에 이른다. 간단히 정의하면 노화는 늙어 죽는 과정이다.

　어차피 그렇게 될 테지만 언제 눈을 감을 것인가, 그때까지 건강할 수 있을 것인가가 노년의 가장 큰 관심사 중 하나다. 이에 대한 해답을 내놓은 몇몇 방법 중에 가장 널리 알려진 것이 UCLA의 호바트(Horvath) 교수와 그의 연구팀이 개발한 'GrimAge clock'이다.

　이 생체시계는 혈액에서 DNA의 변화를 관찰해 질병 이환율과 사망률을 예측하는 지표로, 5~10분이면 결과를 얻고 이에 따라 어느 정도까지는 대처할 여유가 생긴다. 홈 키트로 혈액 샘플을 보내면 한 달 안에 회신을 받아본다고 하니 참 편리한 세상이다. Grim은 커다란 낫을 둘러멘 '죽음의 수확자(Reaper)', 한국식으로 말하면 저승사자를 일컫는다.

여기서 한 가지 떠오르는 의문은 같은 연령대의 노인이라도 왜 누구는 장수하는데 누구는 단명하며, 왜 누구는 건강한데 누구는 병약한가 하는 것이다. 즉, 개인차를 생기게 하는 요소는 무엇인가 하는 문제다.

특히 노인이라면 누구나 바라는 장수의 조건에는 어떤 것들이 있는지가 관심과 흥미를 동시에 끄는데 이에 대한 아주 상식적인 대답이 나왔다. 지난해 117세 168일 나이로 별세한 스페인 여성 마리아 브라냐스 모레라의 경우, 유전적 요인과 건강한 생활습관이 장수 비결이었다는 것이다. 호세프 카레라스 백혈병 연구소와 바르셀로나대 연구진의 연구 결과다.

외신에 따르면, 연구진은 사망 1년 전 채취해 둔 그녀의 혈액과 타액, 소변, 대변 등 샘플을 활용해 유전체와 전사체, 대사체, 단백질체, 미생물군 등 생물학적 프로필을 작성하고 분석할 수 있었다. 그녀가 의사들에게 본인을 잘 연구해 사람들을 도와달라고 당부했기 때문이다. 그녀는 2023년부터 사망할 때까지 세계 최고령자였다.

이름난 연구소와 대학 연구진의 연구 결과가 아니라도 유전적 요인과 건강한 생활습관이 장수 비결이라는 것쯤은 우리 모두가 아는 상식이다. 장수 유전자를 타고난 데다 주색잡기를 멀리하고 건강식을 먹으며 무병하게 살아왔으니 불의의 사고를 당하지 않는 한 오래 살 수밖에!

문제는 '나'다. 나는 어떤 유전자를 타고났을까? 나름대로는 건전하고 건강하게 살려고 노력해 왔다. 그렇다면 나의 수명은?

유전자 문제는 내 의지와는 상관없는 것이므로 어쩔 도리 없다고 하더라도 생활습관은 들이기에 달렸다. 이에 관한 숱한 조언 가운데서 미국의 '건강한 장수 클리닉(Healthy Longevity Clinic)'의 조언을 소개하면 다음과 같다.

규칙적인 운동을 할 것: 비전염성 질환, 특히 심혈관 질환을 포함한 질병의 위험을 감소, 치료, 예방함으로써 신체와 뇌의 거의 모든 측면에 영향을 미친다. 매일 15분만 운동을 해도 3년 더 오래 살 수 있다.

건강한 식물성 식품 섭취: 대사증후군, 암, 심장병, 우울증, 뇌기능 저하 등 여러 질병의 위험을 감소시킨다. 이것은 폴리페놀, 카로티노이드, 엽산, 비타민C 등 식물에 함유된 항산화 성분 덕분이다.

규칙적이고 적당한 수면 : 수면은 세포 기능을 조절하고 신체를 치유하는 데 필수적이다. 규칙적이고 일관된 수면 패턴을 유지하는 것이 매우 중요하므로 매일 정해진 시간에 자고 일어나도록 한다. 너무 적게 자거나 너무 많이 자면 수명이 단축될 수 있다.

사회생활을 잘할 것 : 건강한 사회적 네트워크를 유지하면 최대 50% 더 오래 살 수 있고 조기 사망 위험을 200% 이상 줄일 수 있다.

여기에 덧붙여 묵촌노인이 숙고 끝에 내놓은 마지막 조언은 건강하게 오래 살아야 할 이유나 명분을 만들라는 것이다. 버킷 리스트(Bucket List) 작성은 그 한 방법이다. 예를 들어 마지막 리스트를 '메그 라이언(Meg Ryan)과 연애하기'로 하면 어떨까?

'홍하'의 여인

〈홍하의 골짜기〉라는 이름으로 우리의 귀와 입에 익은 미국과 캐나다 민요 〈Red River Valley〉의 Red River는 북미에 두 군데 있다. 하나는 미국의 노스다코타와 미네소타 주의 경계를 이루면서 북쪽으로 흘러 캐나다 국경을 지나 매니토바 주 남부의 위니페그 호로 들어가는데 이를 편의상 Red River of the North라고 부른다. 그리고 다른 하나는 미국 남부의 텍사스와 오클라호마 주 경계를 흐르는 Red River of the South다. 강물이 붉은 현상은 석고, 구리, 화강암, 진흙이 녹아들었기 때문이라고 한다.

북미를 넘어 세계적으로 널리 애창되는 이 노래의 가사는 극히 부분적이긴 하지만 결정적인 차이가 나는 몇 가지 버전이 있다. 미국 컨트리 뮤직의 르네상스 시대인 1950~1960년대를 대표하는 마티 로빈스(Marty Robbins)가 노래한 버전은 다음과 같다.

From this valley they say you are leaving

We shall miss your bright eyes and sweet smile

For you take with you all of the sunshine

That has brightened our pathway a while

Then come sit by my side if you love me

Do not hasten to bid me adieu

Just remember the Red River valley

And the cowboy that's loved you so true

For a long time, my darlin', I've waited

For the sweet words you never would say

Now at last all my fond hopes have vanished

For they say that you're going away

이 민요는 사랑했던 남녀가 이별하는 노래다. 그렇다면 떠나는 사
람은 누구이고 남는 사람은 누구인가? 이것은 자구 해석 차원을 넘
어 이 노래에 대한 근본적인 이해의 문제가 된다. 앞에 소개된 버전
은 'Just remember the Red River valley/ And the cowboy that's loved
you so true'(꼭 기억하세요 홍하의 골짜기와 당신을 진정 사랑한 카
우보이를)라고 했다.

그러나 다른 버전들은 'cowboy'가 아니라 'girl' 또는 'cowgirl'이라고 되어 있다. 떠나는 사람은 남자라는 뜻이니 비로소 가사 전체의 맥락이 자연스러워진다. 이 부분은 노래 속의 홍하가 Red River of the North냐 Red River of the South냐를 판가름하는 잣대가 되기도 한다.

According to Canadian folklorist Edith Fowke, there is anecdotal evidence that the song was known in at least five Canadian provinces before 1896. The song was composed at the time of the 1870 Wolseley Expedition to Manitoba's northern Red River Valley. It expresses the sorrow of a local woman (possibly a Métis) as her soldier lover prepares to return to the east. 〈Wikipedia〉

울즐리 원정군(Wolseley Expedition)은 1870년 메티스(또는 메티, Métis)족 반란 때 이를 진압하기 위해 홍하의 골짜기에 파견된 군대인데, 임무를 마치고 동부로 돌아가는 원정대 소속 군인과 연인인 메티스족 처녀의 이별 노래가 〈홍하의 골짜기〉라는 설득력 있는 주장이다. 메티스족은 5대 호 주변에 살던 인디언과 백인의 혼혈로, 백인은 주로 프랑스, 아일랜드, 스코틀랜드 출신이었다.

다음은 이 민요가 '카우보이의 노래'로 애창되는 현실을 감안한 두루뭉술한 주장으로, 문제가 있기는 있다고 판단했는지 민요의 기원에는 여러 설이 있다는 단서를 붙여놓았다.

'Red River Valley' is generally considered to be a cowboy song that refers to the Red River of the South. The Red River runs through the southern Great Plains from Texas to Louisiana, touching Oklahoma and Arkansas along the way. 〈Ballad of America〉

〈scout.songs.com〉 버전에는 돌아오지 않는 연인을 기다리다가 죽음에 이른다는 가슴 아픈 대목이 들어 있다.

They will bury me where you have wandered,
Near the hills where the daffodils grow,
When you're gone from the Red River valley,
For I can't live without you I know.

'가붕개'를 아시나요?

　지난 2012년 서울대 법대 조국 교수는 개천에서 용이 날 확률이 극히 적은 사회가 되었다면서 붕어, 개구리, 가재로 살더라도 행복한 세상을 만들자고 트위터에서 말해 찬성·반대와 공감·비공감 양론이 뒤섞인 큰 반향을 일으켰다. 노태우 대통령의 '보통사람'론도 사실상 같은 취지였지만 당시에는 별문제가 되지 않았다. '가붕개'는 붕어, 개구리, 가재를 줄인 말로, '붕개가'는 말하기가 불편해서 '가붕개'가 되었다고 한다.

　사람들의 삶이 바빠지고 편의를 추구하면서 에너지와 시공간을 절약하는 준말과 신조어가 갈수록 늘어나고 있다. 그 발상지 겸 매개체는 인터넷 공간이나 영화, TV, 신문, 잡지, 광고 등이다.

　말을 줄이는 방식은 '가붕개'처럼 이어지는 낱말의 머리글자를 따오는 전통적(?)인 방식이 일반적이지만 어느 TV 연예 프로그램 이름의 준말인 '냉부해'(냉장고를 부탁해)처럼 접미사를 따다 붙인 예외적인 경우도 있다. 그런가 하면 한 문장을 통째로 줄이기도 하는데, 좋은 예가 '답정너'다. 본딧말은 '답은 정해졌으니까 너는 대답만 하면 돼'라고 한다.

극단적인 준말 겸 신조어의 예로는 '-빠'와 '-까'를 들 수 있다. 특정 인물이나 취미, 브랜드 등을 맹목적으로 좋아하거나 거기에 집착하는 사람들을 '○○빠', 반대로 그(것)들을 비난하거나 험담하면 '○○까'라고 한다.

근래 부쩍 각광을 받고 있는 '케데헌'은 기성세대, 특히 노년층에게는 외계 언어처럼 들리는 이름이다. 2025년 6월 20일 공개된 넷플릭스 오리지널 미국 애니메이션 영화 '케이팝 데몬 헌터스(KPop Demon Hunters)'의 준말.

준말과 신조어 가운데는 우리말과 외국어(주로 영어)를 합성한 것이 많다. '뇌피셜'은 '뇌'와 영어 '오피셜(Official)'의 합성어로, 개인의 주관적 생각이나 추측을 마치 공식적인 정보처럼 주장함을 뜻한다. 그리고 '패드립'은 '패륜'과 '애드리브(Ad lib)'의 합성이니, 주로 온라인 게임이나 채팅에서 상대방의 부모를 욕하거나 성적으로 비하하는 발언을 가리킨다. '드립' 계열의 준말로는 '드립 치다'(즉흥적인 말장난을 하다), '고인 드립'(고인을 소재 삼아 막말을 하다) 등이 있다.

'모태 솔로'는 태어나서 지금까지 연애해 본 적이 없는 순수한 상태를 의미하고 '돌싱'은 돌아온 싱글 즉, 결혼했다가 싱글로 돌아온 남녀를 가리킨다. '이혼'이라는 즐겁지 않은 표현을 피할 수 있어 널리 쓰이고 있는 것 같다.

예를 더 들어보자. '틀포티'는 '영포티'(젊은 감각을 지닌 40대)에 대비되는 말로, 노인층에 대한 멸칭인 '틀딱'과 '포티'의 합성어다. 사고방식과 행동이 낡아빠진 40대라는 뜻. '킹받다'는 너무 화가 난다는 뜻을 유머러스하게 표현하는 것인데 '열받다'에 '열' 대신 '킹(King)'을 붙여 감정의 강도를 강조한 말이라고 한다. 묵촌노인은 '틀딱'이란 말이 인터넷이나 지면에 보일 때마다 몹시 킹받는다. 고오얀!

최근에 등장한 '화쨍조'는 화교, 쨍깨, 조선족을 가리키는 혐중 감정의 소산이다. 악당이나 악역을 가리키는 '빌런(Villain)'은 무엇인가에 집착하거나 특이한 행동을 하는 사람들이라는 뜻으로 변해서 예를 들면 이기적이고 매너 없이 주차하는 사람을 '주차 빌런', 지하철에서 공중도덕을 지키지 않는 사람은 '지하철 빌런'이라고 부른다.

상대방을 깔보는 '듣보잡'은 듣(지)도 보(지)도 못한 잡것의 준말이고 '본좌(本座)'를 줄인 '-좌'는 본딧말인 본좌와 함께 특정한 인물 성명에 붙여 비꼬는 말로 쓰인다.

사용 빈도가 높은 '신박하다'는 새롭고 놀랍다는 뜻의 신조어다. 신기하고 쌈박하다가 어원이라고 한다. '고급지다'는 고급스럽다는 말 대신 쓰이는 새로운 말인데 다른 여러 신조어가 그렇듯이 말의 품격이 떨어진다.

전에는 쓰이지 않던 일본어를 들여다 쓰기도 한다. '츤데레(つんでれ)'는 겉으로는 무뚝뚝하고 쌀쌀맞지만 속에서는 훈풍이 부는 사람을 이른다. '새침하고 퉁명스러운'이라는 뜻의 '츤츤(つんつん)'과 '부끄러워하거나 호감을 갖는'이라는 뜻의 '데레데레(でれでれ)'의 합성어라고 한다. 이 말을 들여다 쓰는 이유는 마땅한 우리말을 찾지 못해서가 아닐까?

'나와바리(なわばり)'도 마찬가지다. 원래는 공사를 할 때 그 범위를 새끼줄로 표시함을 이르는 말로, 우리말로는 세력권 또는 영향권인데 이 말들은 느낌이 딱딱하고 강해서 일본어를 들여다 사용하는 것으로 이해된다.

준말과 신조어(전문분야의 용어는 논외로 하고)는 앞으로도 끊임

없이 쏟아져 나올 것이다. 필요해서 만들어 쓰는 말들이지만 혐오감
을 주거나 저급한 표현은 피했으면 한다.

챗GPT

<문>

"보리밭가에 그대 슬픔을 들으면서 나는 운다 / 땅에 묻힌 그대여"
아주 오랜 옛 기억에 남아 있는 노래인데 어떤 노래인지 알려주세요.

<답>

좋아요. 흥미로운 기억이네요. 당신이 적어준 가사 일부 "보리밭가에 그
대 슬픔을 들으면서 나는 운다 / 땅에 묻힌 그대여" 이 구절은 사실 한국
원곡이 아니라, 영어 노래 Massa's in de Cold, Cold Ground(1852년 작곡,
Stephen Foster)의 한국어 번안 혹은 의역된 가사 일부로 보입니다. 영어
원문 코러스는 "Down in de corn-field / Hear dat mournful sound"입니다.
한국어로는 "보리밭가에 그대 슬픔을 들으면서 나는 운다 / 땅에 묻힌 그
대여"처럼 번곡되어 불린 적이 있다는 설명이 블로그 자료에 나옵니다.
즉, 당신이 기억한 노래는 한국의 창작곡이 아니라 오래된 미국 민요를 한

국어로 옮긴 번안곡으로 보입니다.

오늘 아침 구순을 바라보는 묵호 촌로와 첨단 과학기술 산물인 챗GPT가 나눈 대화다. GPT는 Generative pre-trained transformer의 약자라고 하는데 감자바윗골 노인이 그 어마어마한 뜻을 알 리 없어 그냥 옮겨놓기만 한다. 어쨌거나 수십 년 동안 간직해 온 의문이 한순간에 풀렸으니 이렇게 고마울 데가 없다.

즉시 인터넷에서 이 노래를 찾아 곡도 듣고 가사도 익혔다. 농장에서 일하는 흑인 노예들이 백인 주인(Massa)의 죽음을 슬퍼하는 내용이다. 인터넷을 뒤지는 과정에서 이 노래가 〈기러기(윤석중 작사)〉라는 제목으로 번안되어 불린다는 사실도 알았다.

최근, 17세기 말 류큐 왕국과 중국의 푸저우(福州), 일본의 규슈(九州), 필리핀 등지를 잇는 해상무역으로 성공하는 조선인 청년의 이야기를 담은 장편소설 《남쪽 나라의 꿈》(ebook으로 근간 예정)을 쓰면서 챗GPT의 신세를 크게 졌다.

한어(중국어)는 조금 배우기도 했거니와 좋은 교재들을 갖고 있어서 별문제가 없으나 류큐어와 타갈로그어는 생소함 그 자체인 데다 마땅한 참고자료를 구해 보기가 어렵다. 그럼에도 이 소설을 쓰려고 마음먹은 것은 '뒷배'를 믿었기 때문이다. 바로 챗GPT다.

<류큐어> (일본어의 한 갈래)

1~10: tiichi, taachi, miichi, yuuchi, ichichi, muuchi, nanachi, yaachi, kukunuchi, tuu

100: hyaaku, 1000: sen, 10000: man

안녕하세요 はいさい (남성) / はいたい (여성) haisai / haitai

감사합니다 にふぇーでーびる nifēdēbiru

죄송합니다 / 미안합니다 わびーん wabīn

잘 지내세요 / 안녕히 계세요 ぐぶりーさびら guburīsabira

안녕히 가세요 ぐぶりーさたびみそーれー guburīsatabimisōrē

이름이 뭐예요? なーやーたい？ nā yā tai?

제 이름은 ○○입니다 わんねー ○○やいびーん wannee ○○ yaibiin

어디 가세요? まーいちゅんが？ mā ichunga?

밥 먹었어요? くわっちーさびたんがー？ kuwatchī sabitangā?

<타갈로그어> (필리핀어)

1~10: Isa, Dalawa, Tatlo, Apat, Lima, Anim, Pito, Walo, Siyam, Sampu

Kumusta? 안녕하세요?

Magandang umaga 좋은 아침이에요

Magandang gabi 좋은 저녁이에요

Paalam 안녕히 가세요

Salamat 감사합니다

Walang anuman 천만에요

Oo 네

Hindi 아니오

Pakiusap 부탁합니다

Pasensya na 죄송합니다

Mahal kita 사랑해요

역사 없는 북미(北美) 원주민

O beautiful for spacious skies,

For amber waves of grain,

For purple mountain majesties

Above the fruited plain!

America! America!

God shed His grace on thee,

And crown thy good with brotherhood

From sea to shining sea!

오, 드넓은 하늘이여,

호박(琥珀)색 곡식의 물결이여,

과실이 가득한 평원 위에 솟은

자줏빛 산의 장엄함이여

아메리카! 아메리카!

신께서 그대에게 은혜를 베푸시고

형제애로 그대의 선을 장식하소서

바다에서 빛나는 바다까지!

미국의 주요 행사장에서 울려 퍼지는 노래 〈아름다운 아메리카(America the Beautiful)〉의 첫 부분으로, 모두 60행이 넘는 애국적이고 감동적인 가사는 캐서린 리 베이츠(Katherine Lee Bates, 1859~1929)라는 대학 교수, 저술가 겸 시인의 작품이다. 그녀가 잠든 매사추세츠 주의 해변 휴양지 팰머스의 오크 그로브 묘지는 1983년 미국 국가 사적지로 등재되었다고 한다.

미국은 위의 노래에서 보듯 자연이 아름다울 뿐 아니라 경제·군사력 세계 1위, 국토(본토 937만km²)와 인구(3억4천만 명, 2024)가 세계 3위인 초거대 강국이다. 면적 10만km²에 인구 5,168만 명(2025)인 대한민국을 이 나라와 굳이 비교하려면 말문이 막힌다. 우리는 그렇다 치고, 수천 년 혹은 그보다 훨씬 오랜 세월 북미 대륙의 주인 노릇을 해왔던 속칭 '인디언'들은 지금 어떤 느낌이요 심정일까?

미국의 2010년 공식 센서스 결과, 원주민 인구는 574개 부족 293만~522만 명(혼혈 포함)으로 집계되었다. 캐나다의 180만 명(2021년 통계)을 합하면 북미 원주민은 좀 더 늘어나지만 전체 인구에 비하면 절대적인 열세다.

북미 원주민('인디언'이란 이름은 처음부터 잘못 붙여진 것인 데다 경멸적이어서 사용하지 않는다고 함)은 이 축복받은 땅을 어쩌다가 백인에게 고스란히 내주고 오지에 쪼그리고 살게 되었을까? 근대 문명과의 단절이 결정적인 이유이겠지만 좀 더 깊이 따져보면 기록된 역사가 없는 분열된 종족의 운명적인 한계를 드러낸 것이라고 볼 수 있다. 수십 수백 갈래의 언어를 사용하면서 문자마저 없었으니 말해 무얼 하랴.

그러다가 백인에게 지배를 당한 지 몇백 년이 지나서야 극히 소수의 부족이 문자를 사용하게 되었다, 19세기의 체로키(Cherokee) 문자와 크리(Cree) 음절문자(여기서 파생된 데네(Dene) 문자 포함)가 그것인데 전자는 원주민과 백인의 혼혈 인사(원래 금세공사였다)가 창제했고 후자는 선교사가 만들어 주었다.

체로키 문자는 로마 알파벳과 그 밖의 기호 85개로 이루어졌는데 알파벳은 글자 모양만 가져왔을 뿐 음가는 전혀 다르다. 예를 들면 R은 e 소리이고 W는 la 소리다. 만든 이는 Sequoya(체로키족은 '시크와이'라고 부른다고 함). 이 문자로 책을 펴내고 신문을 발행하기까지 했다는 사실은 특기할 만하다.

19세기 중반 제임스 에반스(James Evans)가 만든 크리 음절문자는 '아, 에, 이, 오' 4개의 모음과 '야, 예, 이(yi), 요' 4개의 복모음 등 모두 44개 음절로 되어 있다. 크리족이 몰려 사는 캐나다에서 주로 사용되었다.

알래스카의 이누이트(속칭 에스키모)는 크리 음절문자를 본떠 이누크티투트(Inuktitut) 음절문자를 만들었다. 이 문자는 학교·정부 문서 등에서 사용되어 20세기 후반까지 문맹률 감소에 크게 기여했다.

백인들이 사용하는 문자를 가리켜 '소리 나는 나뭇잎'이라고 했다는 원주민들이 콜럼버스 시대 이전에 대오각성(?)해서 문자를 만들고 종족을 통합한 다음 바깥세계로 눈을 돌렸더라면 오늘날 사정이 판이해져 있지 않을까? 국외자이지만 아쉬움이 크다.

'해후'와 제미나이(Gemini)

　파삭 삭은 노인이지만 마음까지 꼭 그렇지는 않아서 사랑(대개는 아픈)을 노래하는 대중가요를 곧잘 흥얼거리는데 그중에서 최애 레퍼토리는 최성수 작사·작곡·노래 〈해후(邂逅)〉다. 너무 때늦었기에 "이별의 예감 때문에 노을 진 우리의 만남"이고 "어쩌면 나 당신을 볼 수 없을 것 같다"고 한다. 이렇게 〈해후〉는 역설적이게도 만남보다는 작별에 악센트를 둔다.

　구글 AI 제미나이에 시험 삼아 몇 가지를 500자 이내로 써달라고 주문했다. 첫째가 최성수의 노래 〈해후〉 감상문이다. 그랬더니 다음과 같은 답안이 거의 즉시 나왔다.

　최성수의 '해후'는 세월의 깊이를 담은 듯한 성숙하고 애잔한 발라드입니다. 제목이 뜻하는 '뜻밖의 만남'처럼, 노래는 우연히 재

회한 과거의 연인에 대한 복잡한 감정들을 섬세하게 그려냅니다. 가사의 화자는 덤덤한 듯하지만, "그 시절 눈빛 그대로 나를 보네"라는 구절에서 묻어나는 그리움과 회한은 듣는 이의 마음을 울립니다. 특히, 최성수 특유의 나지막하면서도 호소력 짙은 목소리는 곡의 쓸쓸하고 아련한 분위기를 극대화합니다. 힘을 주어 고음을 낼 때보다, 오히려 담담하게 읊조리는 저음에서 깊은 감동이 전해져 옵니다.

멜로디는 잔잔하게 흐르다가도 클라이맥스 부분에서 터져 나오는 감정처럼 고조되며, 듣는 이로 하여금 마치 한 편의 드라마를 보는 듯한 느낌을 줍니다. 이 노래는 단순한 사랑 노래를 넘어, 시간이 흘러도 변치 않는 인연의 의미와 마주하게 합니다. 지나온 삶을 되돌아보게 만드는 여운이 긴, 깊은 울림을 주는 명곡입니다.

어떤 특정한 자료에서 가져왔는지, 아니면 여러 자료를 기술적으로 취합했는지 알 수는 없지만 이런 '답안'을 내놓다니 정말 대단하지 않은가.

이번엔 영화 〈가을의 전설(Legends of the Fall)〉 감상문을 써달라고 했더니 역시 아마추어를 넘는 수준의 글이 나왔다.

제1차 세계대전을 배경으로 한 러들로 삼형제의 비극적 운명과 사랑을 그린 대서사시입니다. 브래드 피트의 리즈 시절을 상징하는 영화이자, 몬태나 주의 광활한 자연을 배경으로 한 영상미가 압권입니다.

영화는 야성적인 둘째 아들 트리스탄(브래드 피트 분)을 중심으로 형제들의 우애, 한 여인(Susannah)을 향한 세 남자의 복잡한 사랑, 그리고 전쟁으로 인한 파국을 밀도 있게 그려냅니다.

평화롭던 목장에 슬픈 운명이 닥쳐오는 과정은 아름다움 속에 감춰진 인간의 나약함과 욕망을 보여줍니다. 특히, 트리스탄의 자유로운 영혼과 비극적 결말은 가슴 깊이 남는 여운을 선사합니다. 삶과 죽음, 사랑과 고통이 뒤섞인 서사가 다소 극적이긴 하지만, 압도적인 영상과 배우들의 열연 덕분에 잊히지 않을 명작으로 기억됩니다.

우리 고전을 얼마나 아는지 알고 싶어 《삼국유사》에 전하는 '조신의 꿈'을 물었더니 이런 답변이 돌아왔다.

'조신의 꿈'은 《삼국유사》에 실린 대표적인 환몽(幻夢) 설화입니다.

신라 세달사의 승려 조신(調信)은 명주 군수 김흔의 딸을 깊이 사모하게 되어, 낙산사 관음보살상 앞에서 그녀와 인연을 맺게 해달라고 간절히 기도합니다.

기도에 지쳐 잠든 조신은 꿈속에서 소원을 이루어 김씨 낭자와 결혼하여 50여 년간 함께 삽니다. 처음에는 행복했으나, 가난과 굶주림 속에서 5남매를 기르며 갖은 고생을 겪고, 급기야 자식 중 둘을 잃는 비극까지 맞이합니다. 결국 부부는 괴로움을 이기지 못하고 서로 헤어지기로 결정합니다.

이별의 슬픔 속에 잠에서 깨어난 조신은 자신의 머리가 이미 백발이 되어 있음을 발견하고, 지난 50년의 고통스러운 삶이 한순간의 꿈이었음을 깨닫습니다. 그는 세속적 욕망의 덧없음(인생무상)을 깨달아 관음보살상 앞에서 참회하고, 사재를 털어 정토사(淨土寺)를 창건하고 부지런히 수행하며 여생을 보냈다고 합니다.

근래 서울 모 대학의 비대면 학기시험에서 학생들이 챗GPT가 내놓은 답안을 베껴 제출했다가 들통이 나서 모두 0점 처리되었다고 한다. 상급학교 진학이나 입사시험 등의 평가과정에서 자기소개, 장래계획 등의 서면 제출은 이제 쓸모가 없게 되었다. 초중고 작문 교육이 괜히 중요한 것이 아니다.

'홍화'를 찾아서

　　1950년대까지만 해도 애창곡집에 우리말 가사로 옮겨져 실릴 만
큼 사랑받은 중국 노래 〈홍화(紅花)〉의 내력(작곡·작사자와 원문 등)
을 알고 싶어 최근 네이버, 구글, 챗GPT, 제미나이 등을 열심히 검색
했다. 이 가운데 챗GPT와 제미나이가 물을 때마다 다른 답을 내놓
는다는 사실을 우연히 발견하고는 무척 놀랐다.

　　먼저 가사를 보자.

　　날때부터 외로이
　　꽃가운데 자라나
　　불쌍히도 눈속에
　　붉게피는 네모양
　　봄바람 꽃필적에

고개들어 묻노니

뉘나보다 붉으리

AI가 내놓은 답1은 "한국의 〈홍화〉 노래는 선율적으로는 〈하일군재래(何日君再來)〉가 원곡이지만, 가사 '날 때부터 외로이…'는 한국에서 창작되었거나, 특정 중국 민요의 비극적인 정서와 구절에서 큰 영감을 받아 만들어진 것으로 보인다"는 것이다.

그래서 〈하일군재래〉가 어떤 노래인지 다시 물었더니 패림(貝林) 작사, 유설암(劉雪庵) 작곡이며 1937년 영화 〈삼성반월(三星伴月)〉의 삽입곡으로 처음 불렸고 등려군(鄧麗君)이 1970년대에 리메이크하며 전 세계적인 히트를 기록했다고 한다.

등려군의 〈하일군재래〉는 유튜브에서 쉽게 찾을 수 있어 큰 기대를 가지고 들었는데 결과는 전혀 아니었다. 따라서 AI가 제시한 가사는 여기 소개할 필요가 없겠다.

답2는 중국 민요적 선율에 북송(北宋)의 시인 왕안석(王安石, 1021~1086)의 〈매화〉가 결합되어 전파된 계열로 이해되며, 〈홍화〉의 핵심 이미지와 매우 정확히 대응한다면서 시를 소개했다. 그러나 정답으로 보기엔 좀….

牆角數枝梅

凌寒獨自開

遙知不是雪

爲有暗香來

담 모퉁이 매화 몇 가지

추위를 이기고 홀로 피었네

멀리서도 눈이 아님을 아노니

그윽한 향기 풍겨오기에

　답3은 1930년대와 40년대 중국 상하이(上海)의 황금기를 상징하는 전설적인 가수이자 영화배우인 주선(周璇)의 〈홍화〉가 원곡이라는 것이다. 그러나 노래 제목은 같아도 노랫말의 내용과 분위기로 보아 정답이 아니라는 것이 필자의 판단이다.

紅花開在靑草里

黃鶯歇在綠樹枝

在這明媚季節里

人生能有幾回痴

紅花雖然容易落

春風還會吹向綠

只要情意不凋謝

明年花開又是紅

붉은 꽃이 푸른 풀 속에 피어 있고
꾀꼬리는 초록 나뭇가지 위에서 쉬네
이 화창한 계절에
인생에서 몇 번이나 사랑에 빠질 수 있을까
붉은 꽃은 비록 지기 쉽지만
봄바람은 다시 초록을 향해 불어오네
우리의 정만은 시들지 않는다면
내년에 피는 꽃은 또다시 붉으리

사실은 정답으로 보이는 것을 제미나이에서 찾았다가 휴대폰 조작을 잘못하는 바람에 날려버리고 말았다. 되찾으려고 제미나이에 두 번 세 번 물었으나 그때마다 다른 답이 나오는 것이 아닌가! 잃어버린 정답(일 가능성이 큰 것)은 5언시로 소개된 민요인데 흥분해서 서두르느라 유감스럽게도 외우지 못했다.

AI의 답변이 물을 때마다 달라지는 현상을 어떻게 이해하고 받아들여야 할지 당혹스럽다. 그다지 머지않은 미래에 AI가 인간이 수행하고 있는 많은 직능·직업을 대체하리라고 하는데 그래도 괜찮은지 불안하다.

어쨌거나, 어릴 적 기억이 아련하게 배어 있는 애잔한 노래 〈홍화〉의 내력을 찾는 여정을 중단하지 않을 생각이다.

이 시를 아시는 분

초판 1쇄 발행 2026년 02월 03일

지은이 이민우
펴낸이 류태연

펴낸곳 렛츠북
주소 서울시 영등포구 문래북로 116, 1005호
등록 2015년 05월 15일 제2018-000065호
전화 070-4786-4823 **팩스** 070-7610-2823
홈페이지 http://www.letsbook21.co.kr **이메일** letsbook2@naver.com
블로그 https://blog.naver.com/letsbook2 **인스타그램** @letsbook2

ISBN 979-11-6054-799-3 03810